LE TOMBEAU

DE

NAPOLÉON PREMIER

AUX INVALIDES

Paris. — Typographie de J. BEST, rue Poupée, 7.

LE DOME
DES INVALIDES

ET

LE TOMBEAU

DE

NAPOLÉON PREMIER

PAR M. ALBERT LENOIR

ARCHITECTE DU GOUVERNEMENT

MEMBRE DU COMITÉ DE LA LANGUE, DE L'HISTOIRE ET DES ARTS DE LA FRANCE, AU MINISTÈRE DE L'INSTRUCTION PUBLIQUE;
DE L'INSTITUT ARCHÉOLOGIQUE DE ROME;
DES SOCIÉTÉS DES BEAUX-ARTS D'ATHÈNES, DE PARIS, DE NIMES ET DE MONTPELLIER;
DE LA SOCIÉTÉ CENTRALE DES ARCHITECTES, ET DU JURY DE L'EXPOSITION UNIVERSELLE;
AUTEUR DU PROJET DU MUSÉE DE CLUNY,
DE LA STATISTIQUE MONUMENTALE DE PARIS; ETC., ETC., ETC.

AVEC 43 GRAVURES SUR BOIS

PARIS
LIBRAIRIE CLASSIQUE ET D'ÉDUCATION
Ve MAIRE-NYON
A. PIGOREAU, SUCCESSEUR
13, QUAI DE CONTI, 13.
(Entre la Monnaie et l'Institut)

AVANT-PROPOS.

Depuis les premiers âges du monde jusqu'à celui où nous vivons, les arts ont été chargés de transmettre à la postérité les grands faits de l'histoire et le souvenir des hommes célèbres; chaque jour des monuments laissés sur la terre par les civilisations éteintes nous révèlent des faits ignorés, nous disent un nom digne de mémoire : c'est là une des belles missions de l'artiste; et quand il la remplit de manière à donner une haute idée du degré d'avancement et de grandeur de la nation qui la lui confie, on peut dire que son rôle est grand parmi les hommes.

Au commencement du dix-neuvième siècle, la France a vu s'étendre sa force et son influence morale sur le monde entier, par la main puissante d'un homme grand comme elle, d'un civilisateur, expression énergique et active de l'esprit qui l'anime. Il a passé comme passe toute chose, et chacun sait son histoire. Ici nous voulons faire connaître comment l'art a honoré sa cendre, et ce que lira la postérité sur les images allégoriques ou fidèles qui ornent sa sépulture.

Plus heureux que bien des artistes des siècles passés, dont les noms sont ignorés de nous, ceux qui contribuèrent à lui rendre ce grand et dernier hommage vivront autant, plus peut-être, que les marbres dont ils ont animé la matière. Leur nom est désormais attaché à celui de Napoléon.

Quant au choix du lieu où se voit la sépulture impériale, indépendant de ceux qui furent chargés de son exécution, aucune responsabilité ne pèse sur eux à cet égard; loin de là, moins libres que partout ailleurs peut-être d'y exprimer tout ce qu'un sujet aussi grave pouvait inspirer à des artistes, ils ont, au contraire, surmonté les difficultés imposées par la loi du 10 juin 1840, qui les étreignait dans une enceinte déjà dès longtemps tracée. Le public a jugé, et la postérité jugera plus tard, qu'ils ont dignement rempli leur mission. Quant à nous, si, en multipliant les reproductions fidèles de leurs travaux, si, en faisant connaître les idées qui en dirigèrent la conception, nous avons contribué, quelque faiblement que ce soit, à les répandre, à faire saisir quelle peut être la valeur d'une grande œuvre d'architecture, puis où la France est parvenue dans la voie brillante des arts et de l'industrie, nous croirons avoir rempli une mission, beaucoup plus humble, sans doute, mais qu'il ne nous est pas moins précieux d'accomplir.

On n'a pas rappelé ici tous les faits qui préparèrent la réalisation du vœu exprimé par Napoléon lui-même, d'être enseveli *sur les bords de la Seine, au milieu du peuple français qu'il avait tant aimé.* Le *Moniteur*, les journaux du temps, et, depuis, les historiens, ont fait connaître toutes les circonstances dont furent accompagnés l'arrivée de la frégate *la Belle-Poule* à l'île Sainte-Hélène, son départ avec les précieux restes mortels de l'Empereur, leur débarquement en France; puis l'empressement des populations à se porter à leur rencontre, l'arrivée à Paris, où les attendait une pompe au moins égale à celles dont les historiens de l'antiquité nous ont gardé le souvenir. Les brillantes décorations du bateau de transport, du char funèbre, les statues nombreuses des maréchaux de l'empire, mêlées aux représentations de l'Immortalité et de la Gloire, qui décoraient la voie tracée au cortége funèbre, ont été le sujet de publications spéciales qui, dans leur temps, ont fait connaître tous les détails du grand deuil auquel se mêlait le bienfait d'une réparation tardive.

Mais toutes ces effigies et cette pompe n'étaient que passagères; une autre fin était donnée à l'art dans cette circonstance solennelle : aujourd'hui, il a réalisé pour les siècles!

Aux voyageurs de toutes les contrées du globe, qu'attirent à Paris, foyer de la civilisation et des pensées généreuses, nos arts, notre industrie, nos sciences, on peut désormais montrer le mausolée de Napoléon Ier, dont le nom au moins est arrivé jusqu'à leur patrie, si elle n'a reçu quelque institution précieuse émanée de celles dont il a doté la France, ou si elle n'attend de cette dernière contrée, qu'il a élevée si haut, les bienfaits d'une régénération qui s'élabore ici pour les peuples.

Dans la notice qu'on va lire, on s'est particulièrement attaché à examiner la sépulture impériale sous le point de vue de l'art, de ses progrès, et de ce qu'il peut produire de grand lorsque, se proposant un but élevé, les ressources financières mises à sa disposition sont assez larges pour qu'il ne soit pas conduit par l'économie à employer des moyens indignes de lui et qui resserrent les effets qu'il doit produire. Ici, heureusement, le luxe des diverses matières employées à l'exécution du monument, leurs grandes dimensions, la possibilité d'allier les produits de l'art à ceux des industries les plus importantes, ont donné pour résultat un ensemble digne, à tous égards, de ce que la France devait attendre de la réunion des hommes de talent chargés de réaliser, et des moyens mis à leur disposition. A toutes ces causes sont dus les effets brillants, la beauté des détails et l'harmonie générale du tombeau de Napoléon Ier.

TABLE DES GRAVURES

CONTENUES DANS CETTE NOTICE.

LE TOMBEAU DE NAPOLÉON Ier

AUX INVALIDES

L'hôtel des *Invalides*, que Paris doit à la munificence de Louis XIV, est considéré comme l'une des plus belles et des plus complètes conceptions de l'architecture française. Libéral Bruant, qui en fut l'architecte, plaça, dans son plan général, l'église destinée aux vieux militaires mutilés dans les combats, à l'extrémité méridionale d'une vaste et magnifique cour entourée de portiques d'un accès facile; mais il fallait au roi une chapelle où il pût joindre les actions de grâces qu'il rendait au dieu des armées, à celles de ses compagnons de gloire : c'est ce qui motiva la construction luxueuse du dôme qui termine l'église, ainsi que les magnifiques avenues qui le précèdent du côté de la place Vauban. Le roi arrivant donc de ce côté de l'édifice, on y déploya toute la pompe nécessaire en pareil cas : une enceinte entourée de fossés et fermée d'une grille recevait les voitures de la cour, et le monarque arrivait à l'emmarchement du dôme, dont la porte ne s'ouvrait que pour lui. Bruant étant mort avant d'avoir terminé l'édifice, la construction de cette chapelle royale fut confiée à Jules Hardouin Mansart, neveu du célèbre François Mansart; elle ne fut achevée qu'en 1706, trente années après l'adoption des projets. Le dôme, cité après ceux des églises de Saint-Pierre de Rome et de Saint-Paul de Londres, est un chef-d'œuvre d'élégance et d'exécution. La façade qui s'élève noblement au fond de la cour royale, et dont on embrasse tout l'ensemble en arrivant à la place Vauban, exprime bien, par sa disposition générale, toutes les divisions importantes que renferme l'édifice; l'entrée principale, indiquée par un portique saillant, d'ordre dorique, supporte un étage décoré de colonnes corinthiennes, et surmonté d'un fronton armorié; puis, en retraite de cet avant-corps, enrichi de niches et de sculptures, de vastes baies éclairent les chapelles secondaires. Enfin, à un plan plus reculé, s'élève le dôme, orné de deux étages soutenant la coupole et la lanterne supérieure, dont la croix est à plus de cent mètres au-dessus du sol. Cet ensemble est retracé à la planche I.

L'édifice, dont le plan est figuré à la planche II, est fermé d'une porte exécutée par Bondi et Louis Arnand; elle est dorée; deux anges surmontent la corniche du chambranle, ils soutiennent l'écusson de France.

Lorsqu'on a franchi cette porte, située à la lettre K du plan, on arrive dans la branche méridionale de l'église, disposée en croix grecque; huit colonnes en décorent la partie centrale, qui est de forme circulaire parce qu'elle soutient le dôme. Les tombeaux de Turenne et de Vauban occupent les branches orientale et occidentale de la croix, qui sont consacrées à la Vierge et à sainte Thérèse, aux points F et G du plan; l'autel, auquel on monte par les degrés placés en B, se trouve dans l'espace ovale situé entre cette lettre et C. Cet autel est au centre d'une construction secondaire située entre le dôme et l'église; c'est le sanctuaire. Une grille placée en I empêche toute communication entre les deux monuments; cette grille est représentée à la planche VI. Au milieu de chaque branche de la croix, puis entre les huit colonnes du dôme, sont pratiqués des passages qui conduisent à quatre chapelles construites aux angles de l'édifice; elles sont surmontées chacune d'une coupole basse qu'on ne voit point de l'extérieur; huit colonnes engagées, d'ordre corinthien, trois niches et deux grandes fenêtres, occupent les murs opposés aux portes d'entrée. Un riche pavé, en marbre de plusieurs nuances, forme le sol de ces quatre sanctuaires particuliers, consacrés à saint Grégoire, à saint Ambroise, à saint Augustin et à saint Jérome; cette dernière chapelle, indiquée sur le plan par la lettre H, est celle où furent déposés provisoirement les restes mortels de Napoléon, dès le jour de la cérémonie de leur réception dans l'église des Invalides.

Tout le luxe de la décoration a été employé pour harmoniser ces sanctuaires avec le dôme principal; de remarquables statues, des bas-reliefs, dus aux plus habiles artistes du siècle de Louis XIV, Espingole, Coustou, Adam, Coysevox, enrichissent les parties situées au-dessous des voûtes; on doit la composition de ces sculptures au célèbre Girardon. Michel Corneille, Bon Boullongne et son frère Louis, furent chargés de décorer les coupoles de peintures rappelant des traits de l'histoire des quatre pères de l'Église; ces tableaux sont comptés au nombre des meilleurs qu'aient produits ces maîtres.

Si des chapelles on rentre dans le dôme, tout le luxe de l'architecture et des arts qui le complètent se présente aux yeux du spectateur : un entablement corinthien, porté par des colonnes isolées et des pilastres, règne dans toutes les parties; quatre grands arcs s'ouvrent sur les branches de la croix; des pendentifs où sont figurés les Évangélistes les relient deux à deux: Charles Delafosse a peint ces tableaux. Au-dessus des croisées de la coupole, dans les douze compartiments séparés par les arcs doubleaux, Jouvenet a figuré les Apôtres, au milieu d'ornements sculptés et dorés. La grande voûte supérieure domine cet ensemble; sur sa courbe sphérique se déroule le meilleur ouvrage de Delafosse, saint Louis reçu dans le ciel par les bienheureux.

Le sanctuaire situé au nord du dôme, entre les deux églises, est surmonté d'une voûte peinte et dorée; Noël y a représenté la Trinité et l'Assomption. C'est au centre de cette partie de l'édifice qu'est placé aujourd'hui le maître-autel, CB, autrefois construit plus loin, vers DD, et de manière à ce qu'il fût plus commun au dôme et à l'église des Invalides.

Derrière ce maître-autel moderne, et dans la direction de la nef de l'église, est située, au point C, l'entrée de la sépulture qui vient d'être construite avec tout le luxe des arts pour honorer la mémoire de Napoléon. La crypte impériale s'étend depuis le point C, où commence le couloir souterrain indiqué sur le plan par des lignes ponctuées, jusque sous le croisillon du dôme, vers la porte d'entrée K. Le sarcophage, situé en E, occupe le milieu de l'édifice dans un vaste espace circulaire enfoncé et sans voûte, afin que, du sol naturel de l'église, la vue puisse s'étendre sur le tombeau, ainsi que sur les riches accessoires qui l'environnent et complètent la pensée de l'habile artiste chargé de transmettre à la postérité, par un monument durable, tant et de si grands souvenirs. Les détails nombreux dans lesquels nous allons entrer pour

Planche I. — Dôme des Invalides.

faire connaitre toute cette œuvre brillante de l'art français, diront ce que peut une grande nation pour honorer le génie.

Planche II. — Plan du Dôme.

A, entrée du sanctuaire.
B, marches du maître-autel.
C, entrée de la crypte impériale.
D, D, tombeaux de Duroc et de Bertrand.
E, sarcophage de Napoléon.
F, tombeau de Turenne.
G, tombeau de Vauban.
H, chapelle de Saint-Jérôme.
I, grille de séparation entre le dôme et l'église.
K, porte d'entrée du dôme.

Lorsque, en 1840, la France vit se réaliser un de ses vœux les plus chers, le retour des restes mortels de Napoléon dans la capitale, on dut songer à lui élever un monument funèbre; le ministre de l'intérieur, chargé par les chambres de tout ce qui concernait l'exécution de cette grande mesure nationale, après avoir donné à la cérémonie funèbre toute la pompe digne de l'Empereur, ouvrit un concours par lequel il appela les artistes de la France à soumettre leurs idées sur la forme à donner à la sépulture que la loi du 10 juin de la même année ordonnait d'établir dans le dôme des Invalides. La section des beaux-arts de l'Institut et la Société libre des beaux-arts avaient fait la demande de ce concours au ministre de l'intérieur, en observant que si ce mode devait être adopté, c'était sans doute lorsqu'il s'agissait, pour la nation, d'ériger à Napoléon un monument digne d'elle, digne de celui qui l'avait placée si haut. Quatre-vingt-un projets de sculpteurs et plus particulièrement d'architectes, furent exposés au palais des Beaux-Arts en 1841; ils se divisaient en deux classes bien distinctes : les uns, et c'étaient les plus nombreux, montraient la sépulture au-dessus du sol du dôme des Invalides; les autres, au nombre de quatre seulement, en faisaient une crypte souterraine entièrement cachée sous le pavé, ou suffisamment ouverte pour qu'on vît le sarcophage impérial en circulant dans l'édifice de Louis XIV. Ce concours émut le public parisien qui s'y porta en foule; une commission fut nommée pour donner son avis sur les projets; nous reproduisons ici quelques fragments du rapport qu'elle adressa au ministre de l'intérieur. Après l'exposition, la commission, rappelant au ministre la loi du 10 juin 1840, citée plus haut, et celle du 25 juin 1841, qui ouvre un crédit de 500 000 francs pour l'exécution d'un tombeau, parle du concours et du grand nombre des projets parmi lesquels elle a dû faire un choix; elle espère que les chambres, s'étant proposé avant tout, comme le gouvernement, d'accomplir une œuvre digne du sujet, ne refuseront pas les fonds pour parvenir à ce but; elle motive ensuite l'exclusion des projets qui ne lui paraissent pas convenables, et aborde la question d'un plan qui lui semble devoir être adopté :

« La commission a pensé que sa tâche ne serait pas remplie si elle se bornait à un travail d'exclusion; il lui a semblé que vous attendiez d'elle au moins quelques indications sur ce que cet examen même pourrait lui avoir inspiré, et sur les moyens de remplir le vœu de la loi et celui de la France. Deux opinions, dont les nuances se sont produites dans le cours des débats, ont partagé la commission. Fera-t-on un monument au-dessus ou au-dessous du sol, une élévation ou une crypte? Cette dernière opinion a été adoptée à la majorité de sept voix contre cinq. La minorité allègue que les proportions du dôme sont assez vastes pour laisser toute latitude à un projet en élévation; qu'il ne s'agit pas seulement ici d'enterrer Napoléon, mais aussi de consoler sa cendre, exilée trop longtemps, par un monument expiatoire et triomphal.

« Le parti de la crypte pense qu'on veut élever à l'Empereur, non un monument triomphal, mais un tombeau sur les bords de la Seine, selon son vœu; or l'idée d'une crypte, d'un caveau, d'une chapelle souterraine, par le mystère, le recueillement que la disposition des jours et la sévérité de l'architecture peuvent y répandre, favorise merveilleusement cette pieuse destination. »

Le ministre choisit, parmi les projets disposés en crypte, celui de M. Visconti; il a été exécuté avec les modifications qu'apporte toujours un artiste qui réalise ses premières idées; les planches qui suivent font connaître dans tous ses détails ce monument remarquable.

En portant de nouveau les yeux sur le plan du dôme gravé à la planche II, on suivra la marche du visiteur avant son entrée dans la crypte impériale : après avoir franchi la porte marquée sur le plan par la lettre K, on avance, au delà des colonnes isolées du dôme, auprès d'une balustrade en marbre blanc, d'une exécution remarquable, et à hauteur d'appui, d'où le spectateur peut faire le tour de la grande ouverture circulaire qui éclaire la crypte, et par laquelle les yeux, plongeant de tous côtés, peuvent saisir l'ensemble de la sépulture.

PLANCHE III. — Plan de la Crypte.

A, Sarcophage.
B, reliquaire.
C, porte d'entrée.
D, G, mosaïques en émail.
F, galerie de circulation.
H, banc circulaire.
I, clôture de séparation.
O, Victoires.

On voit d'abord, au centre, un sarcophage offrant, par le choix des riches matières qui le composent, une magnificence impériale; autour, une brillante mosaïque s'étendant jusqu'à une large banquette en marbre blanc qui porte une balustrade, puis douze statues, symboles des grandes victoires de l'Empire; au delà est le plafond d'une galerie de circulation située derrière elles; au fond, une grille dorée qui ferme la salle mystérieusement obscure nommée *le Reliquaire*. Si le regard, quittant ces parties souterraines, se porte vers le fond du dôme, au milieu de ses colonnes, de ses voûtes peintes et dorées, des drapeaux nombreux trophées de nos victoires, il distinguera le Christ surmontant un brillant autel formé des plus beaux marbres, et placé de telle sorte que la croix se relie au tombeau, que les cérémonies religieuses ne peuvent avoir lieu qu'en mémoire de l'illustre mort, enfin que la gloire du Christ domine les plus grandes gloires, et que la religion seule peut apporter des consolations aux grands regrets. La vue d'ensemble, gravée à la planche IV, donne une idée complète de cette belle disposition générale.

Le visiteur, placé sous le dôme, et embrassant d'un seul regard la sépulture, puis l'autel qui vient d'être construit de manière à la dominer, voit bientôt la différence de style qui les caractérise l'un et l'autre : celui-ci rappelle l'art du siècle de Louis XIV; à celle-là, autant que possible, l'architecte a donné la physionomie grecque. L'autel et le baldaquin qui le surmonte, s'élevant au milieu des arcades et des colonnes du dôme, des ornements caractéristiques dont il est enrichi, ne devaient pas faire disparate avec tout cet ensemble. La crypte, au contraire, par sa position souterraine, pouvait être d'un style tout autre que celui de l'édifice qui la renferme, sans que cette différence pût nuire en rien à l'œuvre estimable de Mansart. Quant au choix de l'art grec, on ne peut qu'y applaudir; lui seul peut-être ne laissera, dans l'avenir, aucune équivoque sur le temps où fut élevée cette sépulture. Tout autre style, tel que ceux de la renaissance, du dix-septième siècle ou de l'Empire, eût, au premier aspect, laissé du doute sur l'époque précise de la construction; la nôtre, au contraire, où l'étude des chefs-d'œuvre de la Grèce est poussée à un point qu'elle n'avait jamais atteint encore, est en cela très-caractéristique. Hâtons-nous d'ajouter que l'art grec permettait seul d'imprimer à ce monument impérial un caractère de simplicité grandiose, de richesse sévère, de haut style statuaire convenable au sujet.

En quittant la balustrade supérieure, on se dirige vers les marches de l'autel, situées au point B; on passe entre elles et les piliers d'angles du sanctuaire pour descendre par les deux petits escaliers courbes pratiqués de chaque côté de l'autel; puis on arrive à un sol plus bas où se trouvent, au point C, la porte de la crypte, et aux points D, D, les tombeaux de Duroc et de Bertrand.

Le maître-autel, figuré en perspective aux planches IV et VIII, est tourné vers le dôme, ce qui exprime qu'il est destiné aux cérémonies religieuses qui ont été fixées pour honorer la mémoire de l'empereur. On y monte par sept marches en marbre blanc de Carrare, taillées dans des blocs énormes.

Quatre colonnes torses en marbre noir et blanc des Pyrénées, et connu sous le nom de *grand antique*, supportent au-dessus de l'autel un riche baldaquin en bois doré dans le style de Louis XIV, et décoré de lambrequins, de figures d'anges et d'écussons. Un grand Christ en bronze, qu'on doit au talent de M. Triqueti, est placé au-dessus du tabernacle remarquable qui domine l'autel.

Deux torchères, soutenus par des anges en bronze doré, reposent sur des piédestaux octogones ornés de guirlandes, et contre lesquels s'appuie la balustrade qui enveloppe les escaliers et le lieu réservé au clergé, autour de l'autel. Ce bel ensemble, qui domine ainsi la crypte impériale, se combine d'une manière heureuse avec les escaliers qui y conduisent, avec l'effet général du dôme, dont il occupe toute l'arcade septentrionale, s'harmonisant avec sa décoration et ses dorures, et indiquant aujourd'hui comme du temps de Louis XIV l'emplacement du sanctuaire.

Planche IV. — Aspect général du Dôme et du Tombeau.

Si on laisse à sa droite ou à sa gauche l'un des torchères figurés à la planche V, pour descendre les petits escaliers voisins de l'autel, on arrive à l'entrée de la crypte.

PLANCHE V. — Torchère.

C'est ici le lieu, avant d'aller plus loin, de décrire la grille déjà mentionnée au point I du plan et qui sépare les deux églises.

Cette grille, retracée à la planche VI, est d'exécution récente, mais composée avec un rare talent, dans le style de l'art du siècle de Louis XIV; elle devait s'harmoniser avec les deux édifices qu'elle limite.

PLANCHE VI. — Grille du Dôme.

Des montants en fer et formant pilastres ornés s'élèvent sur des panneaux pleins, ils supportent une frise et une corniche; plus haut sont des vases isolés; entre ces pilastres à jour se voient de larges compartiments au milieu desquels se découpent des croix grecques, ornées de fleurons et encadrées par des cercles; des feuillages de laurier, de riches acanthes, soutenus par des enroulements contournés, maintiennent ces croix de toutes parts; la frise et la crête qui surmontent les panneaux de la grille sont en parfait accord avec le reste. Ce beau travail de fonte de fer est dû au talent de M. Calla; il peut lutter avec les plus riches produits de la forge et de la ciselure, il ouvre une carrière nouvelle à cette importante industrie.

Cette grille est plus étendue que ne l'indique le dessin gravé à la planche VI; limitée par les deux pilastres qui séparent le sanctuaire et la grande nef de l'église particulière de l'hôtel des Invalides, elle n'est figurée ici qu'en fragment, afin que ses dimensions plus grandes permettent d'en apprécier les détails; il est facile d'en multiplier, par la pensée, les panneaux et les ornements.

PLANCHE VII. — Tombeau de Bertrand.

Après avoir observé la grille de fonte qui sépare l'église du dôme, et ne permet pas d'aller au delà du sanctuaire, on revient vers ce dernier, et d'abord on se trouve placé entre deux monuments simples et sévères dont la planche VIII fait voir les positions respectives, et que le dessin gravé à la planche VII fait connaître dans leurs détails : ce sont les tombeaux des maréchaux du palais, Duroc et Bertrand. Placés auprès de la sépulture de l'empereur, ces deux monuments rappellent le dévouement sans bornes que les deux braves qu'ils renferment montrèrent durant toute leur vie pour Napoléon. Ils sont encore là, comme dans les palais ou sur les champs de bataille, auprès de sa personne. Ces deux tombeaux, parfaitement identiques, se composent d'une cuve de forme simple, surmontée de deux colonnes corinthiennes portant un fronton cintré; des couronnes sont les seuls ornements de ces sépultures; les noms des deux grands maréchaux du palais sont gravés sur deux tablettes placées au milieu de ces monuments, dont quelques marches en marbre forment la base.

Des tombeaux de Duroc et de Bertrand on arrive à celui de l'empereur; la planche VIII montre l'aspect général de l'entrée de cette vaste sépulture, et la manière dont elle se combine avec l'ensemble du sanctuaire et du dôme : c'est d'abord l'immense baldaquin, surmonté de la croix et portant de riches sculptures dorées, qui s'offre aux regards; des anges y soutiennent un écusson; des lambrequins relient les colonnes, dont les bases et les chapiteaux sont dorés; le maître-autel se dessine au milieu, il porte le Christ. Un soubassement sert de socle à tout cet ensemble, auquel il se relie par la richesse des marbres, par les formes architecturales, par la multiplicité des moulures.

C'est dans l'axe de ce piédestal de l'autel et de ses accessoires qu'est établie l'entrée de la sépulture impériale; une grande difficulté se présentait ici pour l'artiste : la porte couronnée du baldaquin sur lequel, pour l'harmonie du dôme, devait se reproduire le style du siècle de Louis XIV, ne pouvait être cependant elle-même exécutée dans le goût du dix-septième siècle, puisqu'elle donne entrée au monument de Napoléon, qui, ainsi qu'on l'a vu précédemment, est dans le style de l'art grec le plus élevé. Il a donc fallu chercher ici un style transitoire qui, sans faire disparate avec l'autel et tout ce qui l'accompagne, pût cependant annoncer, par le goût dominant, l'art antique et sévère qui fait le principal mérite du monument souterrain. On peut dire que cette difficulté a été surmontée avec talent; car cette porte d'entrée, figurée en détail à la planche IX, n'a rien de l'art du siècle qui vit élever le dôme, et cependant elle ne contraste pas d'une manière apparente avec l'édifice de Louis XIV. De plus, le goût antique qu'on a su lui donner fait bien pressentir celui qui domine dans le monument au milieu duquel on doit descendre lorsqu'on a franchi les limites qu'elle détermine.

Cette porte du tombeau impérial se compose d'un chambranle sévère exécuté en marbre; une clef saillante, en forme de console, occupe le sommet. Deux Génies funèbres en bronze, dus au talent de M. Duret, statuaire, membre de l'Institut, occupent les côtés de cette porte; leurs têtes, couronnées de cyprès, sont à demi voilées; de larges draperies couvrent en partie leur corps; les mains étendues portent, sur des coussins, la couronne impériale et la main de justice, le globe du monde et l'épée. Ces figures, du plus beau style, reposent sur des bases ornées; leurs têtes soutiennent des chapiteaux sur lesquels s'appuie un entablement sévère, dont les nombreuses moulures et les profils s'harmonisent avec les pilastres vigoureux qui avoisinent la porte; ils soutiennent un attique qui forme la partie postérieure du maître-autel, et contient cette inscription, extraite du testament écrit à l'île Sainte-Hélène :

JE DÉSIRE QUE MES CENDRES REPOSENT SUR LES BORDS DE LA SEINE,
AU MILIEU DE CE PEUPLE FRANÇAIS QUE J'AI TANT AIMÉ.

Les vantaux mobiles qui servent à clore cette porte sont en bronze; chacun d'eux est décoré de l'enseigne triomphale entourée de lauriers; dans les panneaux inférieurs sont placées la foudre et l'initiale de Napoléon.

Planche VIII. — Entrée de la Crypte.

Planche IX. — Porte de la Crypte.

Planche X. — Coupe générale.

La porte s'ouvre, un large escalier en granit, surmonté de plafonds en marbre, conduit au sol inférieur. Le palier du haut contient une riche mosaïque avec l'N impérial; l'aigle et l'étoile de la Légion d'honneur sont figurées dans le pavé du couloir situé entre l'escalier et la crypte circulaire. Nous renvoyons au plan particulier du tombeau, planche III, et à la coupe générale, pour l'intelligence complète de sa disposition, en guidant le visiteur d'abord au moyen de cette coupe, planche X, parce qu'elle sera plus intelligible pour lui que le plan.

Au point A est figuré le tombeau de Duroc; on voit en F l'autel supposé coupé par le milieu, comme tout le reste du monument. Arrivé en B, où est la porte de la sépulture, le visiteur descend vingt-six marches, au bas desquelles il trouve deux portes qui restent fermées parce qu'elles conduisent aux anciens caveaux du dôme; il poursuit sa marche dans un couloir situé entre la flèche figurée sur le dessin et le point C. Là se développe une galerie circulaire et couverte d'un plafond, dans laquelle il entre pour faire le tour du lieu découvert au centre duquel est placé, en G, le sarcophage impérial; douze piliers carrés, contre lesquels sont appuyées, en même nombre, des Victoires, supportent le plafond de la galerie de circulation; une balustrade à hauteur d'appui s'oppose à ce qu'on passe de cette galerie dans la partie centrale et réservée. Au fond, à l'opposé de l'escalier d'arrivée, s'ouvre au point D une porte qui conduit au caveau particulier qu'on nomme *le Reliquaire*, et dans lequel s'élève une statue de Napoléon en costume impérial, retracée en tête de cette notice, ainsi qu'un piédestal figuré en E qui porte l'épée de l'Empereur.

Le plan, devenu plus intelligible pour l'ensemble des lecteurs, après la description de la coupe, présente au point E la fin de l'escalier, en C l'entrée de la galerie circulaire F, dans laquelle on fait le tour du monument. Les carrés noirs donnent les places qu'occupent les douze piliers de support contre lesquels s'appuient les Victoires. Entre eux s'élève la balustrade I, et un banc en H. La lettre A indique le tombeau de l'Empereur; les lettres G et D, la couronne et les rayons, en émail de diverses couleurs, qui forment la plus belle mosaïque qu'on ait encore exécutée dans ce genre. Au point B du plan est l'entrée du reliquaire. (Voy. la pl. III.)

La grande vue gravée à la planche IV donne un aspect général de cette belle disposition, et le lecteur en comprendra parfaitement l'ensemble et l'effet, après nous avoir suivi à travers le plan et la coupe. Il voit s'élever au centre le sarcophage; les Victoires entourent la partie découverte; les piliers portent l'architrave et le plafond de la galerie circulaire, ainsi que la balustrade supérieure par-dessus laquelle, lorsqu'on est dans le dôme, on plonge dans le monument impérial; enfin plus loin se développe le maître-autel, dans le sanctuaire élevé par Louis XIV.

Après avoir parcouru l'ensemble du monument, pour s'en faire une idée complète, qu'on examine ses divers détails, on verra dans chacun d'eux la même valeur d'art que sur la conception générale; nous les analyserons donc ici tour à tour.

Le sarcophage, qui est le centre et le but de cette construction extraordinaire, repose sur un socle en granit de Corse; il est de la plus grande simplicité, se composant d'une cuve et d'un couvercle ornés de couronnes, de moulures peu saillantes et d'enroulements dans le style antique; la matière, grès quartzeux plus dur que le porphyre, est d'un rouge violet, d'une couleur sévère qui contraste merveilleusement avec les tons éclatants des marbres et des émaux qui l'environnent. Recueillie dans la Finlande, après de longues recherches faites dans le reste de l'Europe, son transport à Paris a coûté des peines inouïes, des sommes considérables, et des machines à vapeur construites exprès ont pu seules la scier et lui donner le poli. Ce sarcophage est doublé en granit de Corse, et plusieurs boîtes en fer-blanc, en plomb dur et en acajou, doivent y recevoir le cercueil en ébène qui contient les restes de Napoléon.

On a regretté avec raison qu'on ait demandé à la Russie la matière destinée à contenir les restes mortels de l'empereur; la Corse et la France auraient dû seules fournir les matériaux du monument de Napoléon, et les carrières de ces deux contrées auraient certainement répondu au besoin; mais l'architecte a pu être guidé dans son choix par le désir de rencontrer une matière qui, par sa dureté, par le ton grave qu'elle présente, et qui est celui du deuil des souverains, par l'effet qu'il en attendait auprès des marbres blancs ou colorés diversement qu'il employait dans l'exécution du monument, remplissait seule les conditions qui lui semblaient nécessaires dans la partie la plus importante, le cercueil, centre et but de toute sa conception. Devant ces considérations, et devant elles seules, peut s'arrêter la critique, sans quoi on demanderait comment on n'a pas préféré favoriser nos exploitations de matières dures de la Corse, des Vosges ou de toute

Planche XI. — Le Sarcophage.

autre partie de la France, en leur consacrant les sommes considérables dépensées dans cette construction, sommes qui non-seulement eussent été fructueuses pour le présent, mais aussi eussent préparé l'exploitation en grand pour l'avenir, et enrichi par conséquent la France. Des recherches auraient été faites, a-t-on dit, dans toute l'Europe, et n'ont pas été couronnées de succès; ont-elles été assez persévérantes? Puisqu'on renonçait à faire ce sarcophage d'un seul morceau et qu'il en contient cinq, il est certain qu'on aurait trouvé la matière ailleurs que dans la Russie, qui était la dernière contrée à laquelle il fallait songer; on devait même faire toute concession plutôt que de la prendre dans un pays qui ne pouvait rappeler que de tristes souvenirs.

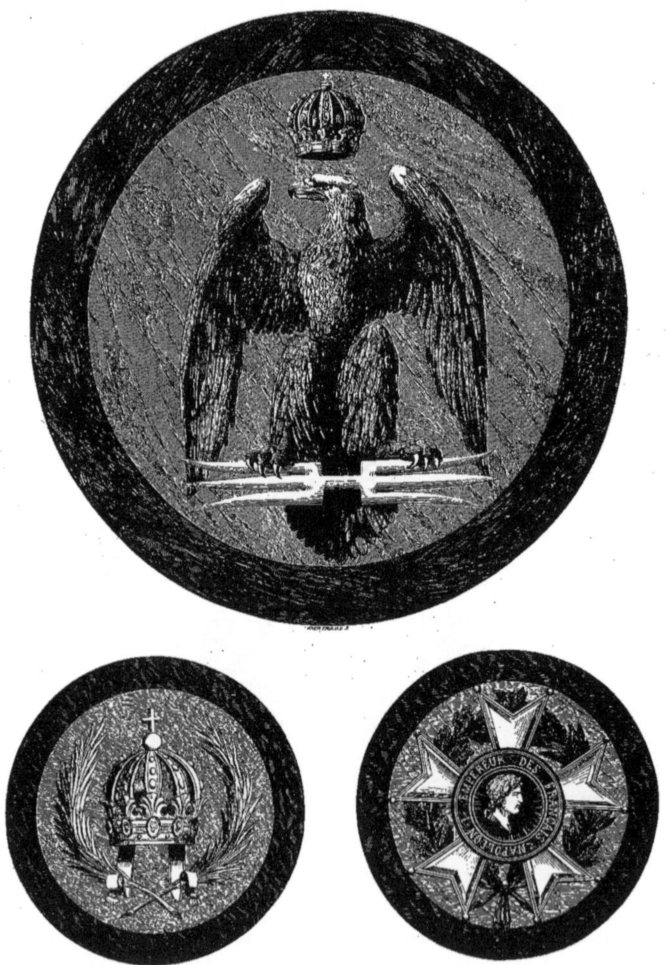

Planches XII, XIII et XIV. — Mosaïques.

La mosaïque en émail dont le dessin est tracé sur le plan particulier du tombeau, planche III, et qui rayonne autour du centre, présente d'abord un cercle sur lequel on a incrusté les noms immortels des

PLANCHES XV ET XVI. — Victoires.

batailles de Marengo, de Rivoli, des Pyramides, d'Austerlitz, d'Iéna, de Friedland, etc. Plus loin, une immense couronne de lauriers se développe avec tout le brillant d'une belle peinture à l'huile; elle donne naissance à de larges rayons de couleur d'or qui s'étendent jusqu'aux Victoires figurées par des statues.

4

Cette mosaïque, exécutée avec les plus riches émaux, est d'un effet remarquable; on en doit le travail à MM. Sciuli et Scagnoli; les matières ont été fabriquées dans les ateliers d'émaillerie de MM. Paris, à Bercy.

C'est avec les mêmes émaux que sont exécutées les trois mosaïques placées dans le couloir d'arrivée et sur le palier de l'escalier; elles sont figurées aux planches XII, XIII et XIV.

Planches XVII et XVIII. — Victoires.

Ces mosaïques ne sont pas produites, comme celles que fabriquaient les anciens, avec de petits cubes de diverses couleurs qu'on rapproche de manière à en former des dessins; ici les contours divers, découpés dans des morceaux d'émail variés par leurs tons, sont incrustés dans des marbres; c'est le système de mosaïque inventé à Florence. Ainsi, dans la grande couronne, les feuilles entières sont découpées dans l'émail; chaque plume de l'aigle figuré à la planche XII est exécutée de même par découpure.

Le sarcophage et la mosaïque centrale sont les seules parties à découvert; elles n'ont d'autre voûte que celle même du dôme, avec ses peintures et ses ornements dorés.

Douze statues représentant des Victoires entourent le mausolée de l'Empereur; tournées vers lui, elles portent des palmes, des couronnes, des trompettes; dans les mains de celles qui avoisinent la porte sont des clefs, comme gardiennes du tombeau. La série complète de ces belles figures est représentée sur les planches suivantes. Aux deux premières gravures sont joints les piliers contre lesquels elles s'appuient; toutes sont disposées de même et taillées avec ces piliers dans des blocs de marbre d'un seul morceau; elles

PLANCHES XIX ET XX. — Victoires.

ont 4 mètres et demi de hauteur. Confiées au beau talent de M. Pradier, dont les arts déplorent la perte récente et prématurée, elles répondent, pour la plupart, à la grandeur de la destination et à la renommée de l'artiste.

Ces statues ne sont point des cariatides, comme on pourrait le penser au premier aspect; elles ne supportent point sur leurs têtes l'architrave qui entoure l'ouverture de la crypte : l'architecte n'a point commis cette faute; les pilastres seuls servent de supports.

Voulant représenter ici des Victoires, il devait éviter d'en faire des cariatides, qui, dans les idées des anciens, et particulièrement des Grecs, représentaient des esclaves. Vitruve s'exprime ainsi, à cet égard, au premier livre de son Traité d'architecture : « Les habitants de Carie, qui est une ville du Péloponèse, se joignirent autrefois aux Perses qui faisaient la guerre aux autres peuples de la Grèce, et les Grecs, par leurs victoires, ayant mis fin glorieusement à cette guerre, la déclarèrent ensuite aux Cariates. Leur ville ayant été prise et ruinée, et tous les hommes passés au fil de l'épée, les femmes furent emmenées captives,

PLANCHES XXI ET XXII. — Victoires.

et, pour les traiter avec plus d'ignominie, on ne permit pas aux dames de qualité de quitter leurs grandes robes, ni aucun de leurs ornements accoutumés, afin qu'elles eussent toujours la honte de paraître dans le même état qu'elles étaient au jour du triomphe. Or, pour laisser un exemple éternel de la punition que l'on avait fait souffrir aux Cariates, et pour apprendre à la postérité quel avait été leur châtiment, les architectes de ce temps-là admirent, au lieu de colonnes et de pilastres, ces sortes de statues aux édifices publics. »

Les statues de Pradier sont vêtues à l'antique; toutes ont des ailes pour indiquer la rapidité des victoires de l'Empire. Celle qui est gravée à la planche XV tient une pomme de pin de la main droite; elle rappelle ainsi nos conquêtes dans le Nord. L'artiste a mis des dattes dans la main de celle qui est figurée à la planche XVII, afin d'indiquer que nos victoires se sont étendues jusqu'en Égypte; elles retracent ici les points les plus opposés du globe. Toutes les autres statues portent des attributs plus généraux, et peuvent s'appliquer aux travaux guerriers de Napoléon dans les régions moyennes de l'Europe.

Les marbres employés pour l'exécution de ces statues sont extraits des belles carrières de Carrare, dans

Planches XXIII et XXIV. — Victoires.

le duché de Lucques, en Italie; situées auprès de la Méditerranée, à deux lieues de Massa, leurs produits, uniques aujourd'hui au monde par la beauté, la finesse, la blancheur, et les dimensions colossales, peuvent être facilement embarqués et dirigés par mer sur tous les points du globe. Les douze blocs énormes destinés à être façonnés ici en Victoires et en pilastres servant d'appui à chacune d'elles, furent placés dans des bâtiments de transport fabriqués exprès; leur arrivée jusqu'à Paris, le déchargement, le trajet du quai de débarquement aux ateliers de sculpture établis aux Invalides, avaient coûté de grandes peines et des dépenses considérables; mais lorsqu'elles furent sculptées et prêtes à prendre place au fond de l'ouverture circulaire du monument sépulcral, de nouvelles difficultés se présentaient pour les enlever du sol du dôme, où elles étaient successivement amenées, les faire avancer au-dessus du vide de l'ouverture, et les descendre ensuite sans accident jusqu'au niveau inférieur de la crypte. M. Schwind père, marbrier, imagina, pour arriver à ces résultats, une machine qui était composée d'abord d'un vaste plancher annulaire placé autour de l'ouverture du monument, et élevé de 5 ou 6 mètres au-dessus du pavé du dôme; il portait une voie de

Planches XXV et XXVI. — Victoires.

fer dans toute son étendue circulaire; sur les rails de cette voie roulait une mécanique d'une grande force, au moyen de laquelle on enlevait chaque statue tour à tour, on l'amenait ensuite vis-à-vis le lieu précis où elle devait être posée, puis on la faisait descendre lentement à sa place : une parfaite réussite a couronné cette entreprise difficile, confiée à l'intelligence de M. Séguin, marbrier, après la mort de M. Schwind, arrivée peu de temps après l'exécution de sa machine. Les grands et difficiles travaux de marbrerie exécutés dans toute la construction du tombeau, et dont la complication était augmentée, à la partie centrale, par la forme circulaire, sont dus au même marbrier, M. Séguin, qui a fait établir des machines exprès, pour scier les blocs suivant les courbes convenables à chacune des places que devaient occuper les diverses parties des plafonds, des architraves et des corniches de couronnement. Il en a été de même pour les pièces de rapport qui composent les parois de la galerie de circulation, et la balustrade à hauteur d'appui qui, placée entre les bases des statues de Victoires, établit la séparation du lieu que parcourent les visiteurs et le centre découvert de la crypte.

Ces statues de Victoires, formant ainsi un cortége autour du sarcophage de Napoléon, sont une heureuse modification apportée au premier projet de M. Visconti, qui n'avait proposé d'abord à cette place que des piliers simples, recouverts de marbres plaqués. La substitution de blocs monolithes, ainsi décorés de figures, offrait aussi d'autres avantages que ce cortége de Victoires : la stabilité convenable au monument impérial était ainsi satisfaite, et, de plus, les dimensions colossales de ces statues, en donnant de la grandeur au monument, venaient lutter convenablement contre la richesse et les proportions immenses du dôme de Louis XIV. L'emploi ici de tout ordre d'architecture nécessitant de petits détails, et borné aux proportions restreintes en hauteur que ne pouvait dépasser la crypte, eût ôté, auprès des grandes colonnes intérieures du dôme, toute l'importance et la dignité que devait offrir la sépulture de Napoléon. A ces nouveaux piliers,

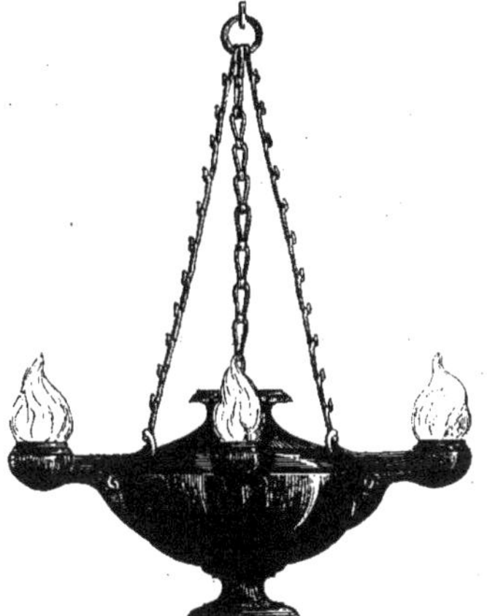

PLANCHE XXVII. — Lampe sépulcrale.

toutes les diverses parties qui constituent l'ensemble du couronnement, se mêlent de riches ornements sculptés, mêlés sans profusion à la gravité de l'architecture, à la noble simplicité de la statuaire. Ces ornements ont été confiés au talent de M. Marneuf; ils ajoutent cette harmonie de richesse sévère, indispensable à toute œuvre d'art de cette nature, qu'on doit rendre complète jusque dans ses moindres détails, afin de ne pas laisser nues et dégarnies même les parties les moins importantes par la place qu'elles occupent ou par les fonctions qu'elles remplissent dans la conception générale.

Les piliers joints aux figures portent une corniche architravée d'un profil simple et grave, dont l'exécution a été difficile, chaque partie taillée circulairement étant formée d'un seul morceau, de milieu en milieu des pilastres. Sous le plafond de la galerie sont suspendues des lampes à plusieurs branches et en bronze, dont le dessin est gravé à la planche XXVII. Elles seront allumées tous les ans le 5 mai, jour anniversaire de la mort de l'Empereur. Lorsque le service funèbre sera célébré au maître-autel du dôme, de ces lampes, des flammes violettes répandront sur l'ensemble de la crypte un effet de deuil général; et pour compléter, dans l'édifice qui recouvre la sépulture impériale, l'effet qui doit y régner désormais, des voiles violets ont été placés devant les nombreuses fenêtres du dôme; ils en atténuent la lumière et lui donnent la teinte générale qui est consacrée au deuil des têtes couronnées.

Entre les piliers monolithes, règne une balustrade qui empêche toute communication de la galerie circulaire au centre du monument. Cette galerie, pavée en compartiments de diverses couleurs, est couverte d'un plafond de marbre blanc, orné de caissons renfoncés et construit avec beaucoup d'art; c'est sur la paroi verticale de cette galerie que se développe une série de dix bas-reliefs dus au talent de M. Simart, statuaire, et qui ont pour but de rappeler toutes les grandes institutions civiles que la France doit au génie de Napoléon. L'habile sculpteur, chargé seul de cette suite d'allégories, afin qu'elle présentât l'unité et l'harmonie indispensables dans un ensemble aussi complet, a tracé sur le marbre, avec la simplicité et la grandeur que les Grecs apportaient dans ce genre de composition, les sujets suivants, dans l'ordre que nous indiquons, en commençant par la droite lorsqu'on entre dans la galerie : l'Institution de la Légion d'honneur, les Travaux publics, les Encouragements au commerce et à l'industrie, l'Établissement de la Cour des comptes, la Formation de l'Université, le Concordat, la Promulgation du Code civil, la Fondation du conseil d'État, l'Organisation de l'administration publique, et la Pacification des troubles civils.

LA LÉGION D'HONNEUR.

PLANCHE XXVIII. — Bas-relief de la Légion d'honneur.

Le Génie de Napoléon récompense tous les mérites; figuré debout, entre deux autels chargés de couronnes et de croix d'honneur, il distribue ces palmes, cette étoile, au guerrier qui a versé son sang pour la patrie, au magistrat vieilli dans l'étude des lois, à l'artiste, au poëte, à l'homme de science, à l'historien, qui honorent et éclairent l'humanité. Une inscription, gravée auprès de la tête de Napoléon, rappelle ces mots tirés du *Mémorial de Sainte-Hélène :*

J'AI EXCITÉ TOUTES LES ÉMULATIONS, RÉCOMPENSÉ TOUS LES MÉRITES
ET RECULÉ LES LIMITES DE LA GLOIRE.

L'historien *du Consulat et de l'Empire* a dit de la Légion d'honneur : « Cette institution est déjà consacrée comme si elle avait traversé des siècles, tant elle est devenue la récompense de l'héroïsme, du savoir, du mérite en tout genre, tant elle a été recherchée par les grands et les princes de l'Europe les plus orgueilleux de leur origine! Le temps, juge des institutions, a donc prononcé sur l'utilité et la dignité de celle-ci. Laissons de côté l'abus qui a pu être fait quelquefois d'une telle récompense à travers les divers régimes qui se sont succédé, abus inhérents à toute récompense donnée par des hommes à d'autres hommes, et reconnaissons ce qu'avait de beau, de profond, de nouveau dans le monde, une institution tendant à placer sur la poitrine du simple soldat, du savant modeste, la même décoration qui devait figurer sur la poitrine des chefs d'armée, des princes et des rois. Reconnaissons que cette création d'une distinction honorifique était le triomphe le plus excellent de l'égalité même, non de celle qui égalise les hommes en les abaissant, mais de celle qui les égalise en les élevant; reconnaissons enfin que si, pour les grands de l'ordre civil ou militaire, elle pourrait bien n'être qu'une satisfaction de vanité, elle était, pour le simple soldat rentré dans ses champs, l'aisance du paysan en même temps que la preuve visible de l'héroïsme. »

Napoléon lui-même disait : « L'unique décoration de la Légion d'honneur, avec l'universalité de son application, est le type de l'égalité; cette institution met sur le même rang le prince, le maréchal et le tambour... Si la Légion d'honneur n'était pas la récompense des services civils comme des services militaires, elle cesserait d'être la Légion d'honneur. »

Les ordres de chevalerie ont une origine fort ancienne; mais, en général, ils servaient autrefois, soit à distinguer des classes privilégiées, comme les chevaliers romains, par exemple, qui tenaient le second rang dans la république, soit à récompenser ou favoriser des membres de ces classes anoblies : c'est ce qui eut lieu au moyen âge, et se transmit jusqu'à la fin du siècle dernier. En général, les ordres de chevalerie étaient décernés pour récompenser des hauts faits militaires, ou pour engager à en ajouter de nouveaux à ceux auxquels on avait attaché son nom. On n'avait pas songé encore, d'une manière large et complète, à étendre l'application d'un ordre de chevalerie à tous les services rendus au pays, quelle que fût la nature de ces services ou la classe de la société à laquelle appartînt celui auquel on les devait. A Napoléon donc est due l'idée de créer un ordre remplissant toutes ces conditions, et excitant par conséquent toutes les émulations de quelque nature qu'elles soient : aussi vit-on, dans toutes les classes de la société, l'homme qui se sentait capable d'être utile, soit par son courage, soit par ses talents ou ses connaissances, redoubler d'efforts pour arriver à l'honneur d'entrer dans cet ordre nouveau. Combien ne devons-nous pas à sa création de hauts faits glorieux, d'inventions utiles, de travaux durables dans tous les genres! et si les actions de dévouement n'ont généralement pas ce mobile, ne doit-on pas se féliciter qu'elles trouvent aussi cette récompense? Enfin, pour ne rien laisser d'incomplet dans cette chevalerie du dix-neuvième siècle, on a étendu son application aux femmes elles-mêmes; la croix d'honneur a été distribuée aux braves vivandières qui, dans une bataille, exposent leur vie pour sauver celle de nos soldats, comme aux femmes distinguées qui se livrent d'une manière brillante à l'éducation des filles de nos guerriers, comme aussi à ces femmes dévouées qui consacrent leur vie à soulager les misères de l'humanité souffrante.

Ainsi que tous les précédents ordres, la Légion d'honneur a ses divers degrés de chevalier, d'officier, de commandeur, etc. L'un des beaux palais de la capitale est affecté au service de sa chancellerie. La maison de la Légion d'honneur, à Saint-Denis, est consacrée à l'éducation des filles de militaires qui font partie de cet ordre, et des pensions sont accordées aux braves soldats qui, après avoir acquis sur le champ de bataille l'étoile de l'honneur, rentrent dans leurs foyers pour rendre d'autres services à la patrie.

Une institution si féconde devait donc être rappelée dans la série des bas-reliefs destinés à transmettre les grandes créations que la France doit à Napoléon; elle occupe la première place parmi les reproductions allégoriques, et la beauté de la composition, le style élevé des figures, préparent bien le visiteur à fixer son attention sur la longue suite de sujets qui vont successivement se dérouler devant ses yeux.

LES TRAVAUX PUBLICS.

Planche XXIX. — Bas-relief des Travaux publics.

Le Génie de l'Empereur indique, par le geste, ses droits à la reconnaissance de la postérité, pour les grands et utiles travaux qui ont été exécutés par sa volonté.

L'Architecture et le Génie civil, représentant l'art et la science, qui furent les interprètes de ses grandes idées, s'appuient sur des tables où se trouve inscrite la glorieuse nomenclature de ces travaux.

Deux Victoires, placées sur les degrés du trône, rappellent que, même pendant la guerre, l'Empereur songeait aux travaux gigantesques d'utilité générale que le gain des batailles lui permettait d'accomplir. Sur la base du trône impérial, on lit ces mots :

PARTOUT OU MON RÈGNE A PASSÉ
IL A LAISSÉ DES TRACES DURABLES DE SON BIENFAIT.

C'est Napoléon lui-même qui, dans une des pages les plus éloquentes du *Mémorial de Sainte-Hélène*, donne la nomenclature de ses grands travaux d'utilité publique : «Les trésors de Napoléon, s'écrie-t-il, sont immenses et au grand jour; les voici :

»Le beau bassin d'Anvers, celui de Flessingue, capables de contenir les plus nombreuses escadres et de les préserver des glaces de la mer; les ouvrages hydrauliques de Dunkerque, du Havre, de Nice; le gigantesque bassin de Cherbourg; les ouvrages maritimes de Venise; les belles routes d'Anvers à Amsterdam, de Mayence à Metz, de Bordeaux à Bayonne; les passages du Simplon, du mont Cenis, du mont Genèvre, de la Corniche, qui ouvrent les Alpes dans quatre directions : dans cela vous trouverez plus de huit cents millions. Ces passages surpassent en grandeur, en hardiesse et en efforts de l'art tous les travaux des Romains.

»Les routes des Pyrénées aux Alpes, de Parme à la Spezzia, de Savoie au Piémont; les ponts d'Iéna, d'Austerlitz, des Arts, de Sèvres, de Tours, de Roanne, de Lyon, de Turin, de l'Isère, de la Durance, de Bordeaux, de Rouen, etc.; le canal qui joint le Rhin au Rhône par le Doubs, unissant les mers de Hollande avec la Méditerranée; celui qui unit l'Escaut à la Somme, joignant Amsterdam à Paris; celui qui joint la Rance à la Vilaine; le canal d'Arles, celui de Paris, celui du Rhin; le dessèchement des marais de Bourgoing, du Cotentin, de Rochefort; le rétablissement de la plupart des églises démolies pendant la révolution, l'élévation de nouvelles; la construction d'un grand nombre d'établissements d'industrie pour l'extirpation de la mendicité; la construction du Louvre, des greniers publics, de la Banque, du canal de l'Ourcq; la distribution des eaux dans Paris; les nombreux égouts, les quais, les embellissements et les monuments de cette grande capitale; les travaux pour l'embellissement de Rome; le rétablissement des manufactures de Lyon; la création de plusieurs centaines de manufactures de coton, de filatures et de tissage qui emploient plusieurs millions d'ouvriers; des fonds accumulés pour créer plus de quatre cents manufactures de sucre de betterave pour la consommation d'une partie de la France, qui auraient fourni le sucre au même prix que celui des Indes, si elles eussent continué d'être encouragées seulement encore quatre ans; la substitution du pastel à l'indigo, qu'on fût venu à bout de se procurer en France à la même perfection et à aussi bon marché que cette production des colonies; le nombre des manufactures pour toute espèce d'objets d'art, etc.; cinquante millions employés à réparer et embellir les palais de la couronne; soixante millions d'ameublements placés dans les palais de la couronne en France, en Hollande, à Turin, à Rome; soixante millions de diamants de la couronne, tous achetés avec l'argent de Napoléon, le *Régent* même, le seul qui restât des anciens diamants de la couronne de France, ayant été retiré par lui des mains des juifs de Berlin, auxquels il avait été engagé pour trois millions; le Musée Napoléon, estimé plus de quatre cents millions et ne contenant que des objets légitimement acquis, ou par de l'argent, ou par des conditions de traités de paix connus de tout le monde, en vertu desquels ces chefs-d'œuvre furent donnés en commutation de cession de territoire ou de contributions; plusieurs millions amassés pour l'encouragement de l'agriculture, qui est l'intérêt premier de la France; l'institution des courses de chevaux, l'introduction des mérinos, etc.

»Voilà qui forme un trésor de plusieurs milliards qui durera des siècles.»

Napoléon a omis dans cette nomenclature les innombrables travaux d'embellissement qu'il avait fait commencer dans plus d'une grande ville de France, et particulièrement à Paris. C'était le palais du roi de Rome, élevé déjà en partie sur les hauteurs de Chaillot, devant le Champ de-Mars, édifice immense dont le bois de Boulogne devait être le parc : la restauration a fait disparaître ce qui était construit; — les travaux de la Madeleine, repris d'après un programme dicté par l'Empereur lui-même au milieu des camps : il voulait en faire un monument consacré à la gloire de nos armées; — le palais des Tuileries, embelli à l'intérieur, et continué depuis le pavillon Marsan jusqu'à la rue de Rohan; — le palais du quai d'Orsay, élevé en partie pour en faire le ministère de l'intérieur; — l'arc de triomphe de l'Étoile commencé, ainsi que la fontaine de la Bastille; — la colonne triomphale de la place Vendôme; — le Musée des monuments français, rue Bonaparte, où depuis s'est élevée l'École des beaux-arts, et qu'il avait fait agrandir. — Aux environs de Paris, l'église de Saint-Denis, rétablie en grande partie, et rendue au culte après quinze années d'abandon.

Napoléon n'aimait pas moins les sciences, les lettres et les arts que les grands travaux matériels. Par un décret daté d'Aix-la-Chapelle, il créa les prix décennaux qui devaient être distribués, de dix en dix ans, aux hommes qui, dans toutes les branches des connaissances humaines, mériteraient les récompenses de 10000 et de 5000 francs qu'il fonda.

«Étant dans l'intention, dit-il, d'encourager les sciences, les lettres et les arts, qui contribuent évidemment à l'illustration et à la gloire des nations; désirant non-seulement que la France conserve la supériorité qu'elle a acquise dans les sciences et dans les arts, mais encore que le siècle qui commence l'emporte sur ceux qui l'ont précédé; voulant aussi connaître les hommes qui auront le plus participé à l'état des sciences, des lettres et des arts : Nous avons décrété, etc.»

Ce décret ne fut point exécuté, par le fait des événements politiques; quelques artistes cependant avaient été désignés comme pouvant y prétendre : c'étaient Girodet pour la peinture, Percier pour l'architecture, etc.

L'ouvrage sur l'Égypte, exécuté par la commission de savants qu'emmena Napoléon dans son expédition, est le premier et le plus grand monument de ce genre qui ait été exécuté à la suite de nos conquêtes, pour en rappeler le souvenir et agrandir le cercle de la science. Il a formé chez nous d'innombrables graveurs habiles, qui depuis ont exécuté, même pour l'étranger, les grands ouvrages qui feront époque dans ce siècle. Son exemple a depuis été imité à la suite de nos expéditions de Morée et d'Algérie; les amis des arts et de la science verraient avec bonheur l'héritier de son trône et de son nom entreprendre sur l'Orient, où se dirigent aujourd'hui nos armes, un ouvrage analogue aux précédents, et qui étendrait nos connaissances sur les beaux monuments que renferme cette patrie des arts.

LA PROTECTION ACCORDÉE AU COMMERCE ET A L'INDUSTRIE.

Napoléon donne l'impulsion au commerce et à l'industrie; il soutient deux tables, sur lesquelles sont inscrites deux institutions fondées pour garantir les transactions du commerce et donner un nouvel essor à l'industrie : ce sont le Code de commerce et l'Exposition des produits de l'industrie.

Vulcain, personnification de l'activité industrielle, et Mercure, dieu des commerçants, relèvent du profond abaissement où les discordes civiles les avaient plongées, les villes commerciales et industrielles de la France.

Sur les tables, on lit ces mots :

LE COMMERCE LIBRE FAVORISE TOUTES LES CLASSES, AGITE TOUTES LES IMAGINATIONS;
IL EST IDENTIQUE AVEC L'ÉGALITÉ ET PORTE NATURELLELENT A L'INDÉPENDANCE.

LA VÉRITABLE INDUSTRIE
NE CONSISTE PAS A EXÉCUTER AVEC TOUS LES MOYENS CONNUS ET DONNÉS;
L'ART ET LE GÉNIE,
C'EST D'ACCOMPLIR EN DÉPIT DES DIFFICULTÉS, ET DE TROUVER PAR LA PEU OU POINT D'IMPOSSIBLE.

La guerre et les troubles civils ralentissent inévitablement l'activité industrielle et commerciale d'un pays. Les consommateurs inquiets ne se permettent plus ni l'abondance, ni le luxe; ils réduisent de plus en plus leurs dépenses, et se bornent à acheter ce qui leur est absolument indispensable. De leur côté, les fabricants ne peuvent plus songer à produire que dans la plus stricte proportion de la vente probable, ou même ils ferment les ateliers et achèvent seulement d'écouler ce qu'ils ont en magasin. Les capitalistes retirent leur argent de la circulation; ils renoncent à lui faire produire aucun intérêt, ils ne veulent pas l'exposer; ils préfèrent le garder, le cacher ou le faire passer dans un État où règne la paix. Ce retrait du capital est le fait dont les conséquences sont les plus graves; souvent, au moment où les fabricants entrevoient

PLANCHE XXX. — Bas-relief de la Protection accordée au Commerce et à l'Industrie.

la possibilité de recommencer leurs travaux, le capital timide n'ose encore reparaître; on le sollicite, sa méfiance persiste; les occasions passent, ou tout au moins on perd une partie de ces jours, de ces heures, qui sont aussi un capital précieux.

Cependant, à la suite de ces crises, l'industrie et le commerce reprennent un essor subit et extraordinaire, lorsque la paix paraît assurée pour une période de quelque durée; les consommateurs, qui se sont longtemps privés de toutes les jouissances matérielles, et souvent même d'une partie du nécessaire, demandent avec une sorte d'ardeur et d'impatience les produits. Les fabricants offrent des avantages considérables aux capitaux qui, une fois enhardis, se précipitent entre leurs mains, pour aider leurs entreprises, avec une confiance souvent exagérée. C'est alors que l'habileté et la hardiesse ont la plus belle chance d'une grande fortune. Un peu plus tard, même avec la continuité de la paix et de l'ordre, les circonstances deviennent moins favorables. Il est presque inévitable qu'il s'opère une réaction, et que les transactions redescendent à une allure plus modérée et plus conforme à la réalité des besoins.

Dès l'an 9 (1800-1801), on vit renaître en France le commerce, qui languissait depuis les premiers orages de la révolution. Les importations étaient montées en une seule année de 325 millions à 417. Les exportations des produits de Bordeaux s'accrurent avec rapidité; les ateliers de soieries se relevaient en même temps, ainsi que les fabriques de Lille, de Saint-Quentin et de Rouen. D'un autre côté, des défrichements considérables étaient la conséquence naturelle de la vente et de la division d'une grande quantité de terres. Ce n'était là que le point de départ d'une ère de prospérité que, plus tard, les besoins causés par la lutte contre l'Angleterre ne firent qu'accélérer sur divers points, en stimulant le génie national. Un fait bien remarquable est que, malgré de grandes souffrances matérielles et une guerre terrible, la population de la France, dans soixante-sept départements où le recensement avait eu lieu, avait augmenté, de 1789 à 1800, dans la proportion d'un dix-neuvième. En effet, en 1789, on comptait 21 171 243 habitants dans ces départements; et, en 1800, le chiffre était de 22 297 443.

Le Code de commerce fut rédigé et discuté dans la même forme que le Code civil (voyez page 46). Les sept premiers titres furent décrétés le 10 septembre 1807 et promulgués le 20; le titre 8 fut décrété le 11 et promulgué le 12. Avant la révolution, les deux textes principaux de la législation commerciale étaient une ordonnance de 1673 sur le commerce terrestre, et une ordonnance de 1681 sur le commerce maritime.

La première exposition publique des produits de l'industrie avait eu lieu sous le directoire, en 1798, au Champ de Mars. Il y eut deux autres expositions en 1801 et 1802. La seule exposition qui ait eu lieu sous l'Empire, en 1806, permit de constater les progrès remarquables de l'industrie française depuis 1789. La marche rapide des sciences, et surtout de la chimie, avait puissamment contribué au développement de notre génie industriel. Parmi les noms qui jetèrent le plus d'éclat sur cette exposition de 1806, on n'oubliera jamais ceux des Ternaux, Oberkampf, Berthollet, Chaptal et Conté.

Grâce à cette impulsion donnée à l'industrie par la république, et continuée par Napoléon, la France s'est placée à la tête des nations du monde par les immombrables et heureuses applications industrielles qui ont été faites depuis un demi-siècle. Les expositions se sont reproduites sans interruption de cinq en cinq ans depuis 1815, et chacune d'elles a fait voir des développements immenses du génie national; enfin la grande épreuve faite à Londres en 1851, en présence des industries de l'univers entier, a laissé à la France une victoire méritée. Toutefois ce triomphe ne doit pas faire passer inaperçue la lutte qui en sera la conséquence. Les nations étrangères font des efforts inouïs pour nous atteindre et nous dépasser, s'il est possible; c'est à l'administration française à aviser aux moyens qui nous feront garder la supériorité. Que des écoles, des concours, des musées, s'établissent pour entretenir et perfectionner encore les dispositions brillantes qui font la force du génie français dans cette lutte d'intelligence, et l'avenir répondra au passé.

Déjà les artistes qui se livrent aux compositions applicables à l'industrie et la dirigent dans le bon goût qui fait de notre marché le premier du monde, ont obtenu de l'administration une attention bienveillante. Des missions ont été confiées à des hommes intelligents pour visiter les ateliers d'industrie de l'Angleterre, notre émule la plus redoutable et la plus active dans cette guerre pacifique, et de bons résultats ont été obtenus. Une société de ces mêmes artistes a été fondée à Paris pour s'occuper activement des intérêts de la haute industrie; la formation d'un musée a été demandée par elle, et déjà le commencement de cette collection précieuse se forme au Conservatoire des arts et métiers; on peut espérer que cette heureuse idée se développera et contribuera grandement à nous conserver le rang que nous avons acquis depuis des siècles.

LA COUR DES COMPTES.

PLANCHE XXXI. — Bas-relief de la Cour des comptes.

Le Génie impérial repousse d'une main l'Erreur, la Fraude et l'Imposture, personnifiant les fournisseurs concussionnaires et les comptables infidèles; de l'autre il consacre l'ordre financier et la comptabilité régulière, représentés par trois figures : la Vérité financière, sur laquelle s'appuie l'Exactitude; puis l'Ordre, écrivant sous la dictée de la Vérité.

A la base du trône sur lequel Napoléon est assis, sont écrits ces mots :

JE VEUX QUE, PAR UNE SURVEILLANCE ACTIVE,
L'INFIDÉLITÉ SOIT RÉPRIMÉE ET L'EMPLOI LÉGAL DES FONDS PUBLICS GARANTI.

Ce beau bas-relief, dans lequel le sujet est clairement exprimé par les expressions diverses et le mouvement des figures, fait voir, sur les traits de Napoléon, son implacable rigueur contre la Concussion et l'Illégalité terrifiées; le Mensonge, qui a laissé tomber son masque trompeur, s'agenouille en courbant la tête et se cachant le visage. Le contraste du groupe opposé est frappant : la Vérité y est simple et pure, la Justice froide et impassible; la jeune femme assise écoute la Vérité avant d'écrire les chiffres.

La loi du 16 septembre 1807 institue la Cour des comptes; l'article 1er est ainsi conçu :

« Les fonctions de la comptabilité nationale sont exercées par une Cour des comptes. »

Cette Cour est chargée de juger les comptes des recettes et des dépenses publiques, présentés chaque année par les receveurs généraux des finances, les payeurs du trésor public; les receveurs de l'enregistrement, du timbre et des domaines, des douanes et sels, des contributions indirectes; les directeurs des postes, des domaines; le caissier central du trésor public et l'agent responsable des virements de comptes. Elle juge aussi les comptes des colonies, des invalides de la marine, des colléges impériaux, des poudres et salpêtres; ceux de l'agent comptable du transfert des rentes inscrites au grand livre de la dette publique, de l'agent comptable du grand livre et de celui des pensions, de la caisse d'amortissement et du dépôt des consignations; de l'Imprimerie impériale, de la régie des salines de l'Est, des receveurs des communes, hospices et établissements de bienfaisance.

Cette Cour est la première de l'État après la Cour de cassation.

Napoléon, qui fut le réformateur de la Cour des comptes, ne l'a point créée; on en considère le principe comme aussi ancien que la monarchie, les rois ayant toujours eu auprès d'eux des officiers chargés de faire rendre compte à ceux qui maniaient les deniers de l'État. Il est probable que sous la première et la seconde race de nos rois, et même assez avant sous la troisième, il n'y avait point de chambre des comptes proprement dite, et que les fonctions de cette cour étaient exercées par des seigneurs du conseil. La chambre des comptes était sédentaire à Paris dès 1262, puisque saint Louis, dans une ordonnance qui porte cette date, s'exprime ainsi : «Que ceux qui auront reçu et dépendu les biens des villes, viennent à Paris pour rendre compte à nos gens de leur recette et de leur dépense.» Malgré cette résidence dans la capitale de ceux qui étaient chargés par le roi de vérifier les comptes, il n'y avait encore rien de fixe à leur égard. Plus tard, ils envoyaient des commissaires dans les provinces les plus éloignées pour l'examen qui leur était confié. En raison de ces déplacements indispensables, on établit des cours des comptes à Rouen, à Dijon, à Nantes, à Montpellier, à Grenoble, à Aix, à Blois, à Pau, à Metz, à Dôle et à Lille. Aujourd'hui le système de centralisation a, comme du temps de saint Louis, fait établir une Cour unique à Paris. Philippe le Long, par un édit donné au château du Vivier, en 1319, établit les présidents, les maîtres et les clercs. Charles VI, en 1410, créa les correcteurs qui, en 1532, prirent le titre de conseillers. En 1552, Henri II donna le même titre aux auditeurs, et leur accorda «opinions et voix délibérative aux jugements et décisions des comptes rapportés par eux au bureau.»

Jean de Saint-Just, maître des comptes en 1361, rapporte un état des gages des officiers de la Cour des comptes et de tous leurs droits; il dit que les droits de robes, de manteaux, de gants, de manchons, de chapeaux et bonnets, de harnais et housses de chevaux, d'étuis de couteaux, de canifs, d'écritoires, de chauffage, etc., étaient communs entre les grands et les petits clercs, avec des proportions cependant, suivant leurs diverses qualités.

La Cour des comptes tenait ses séances dans le palais des rois. Louis XII fit construire, en 1504, sur les dessins de Jean Joconde, religieux dominicain, le grand bâtiment qu'elle occupait à Paris, dans l'enceinte du palais de Justice, ancienne résidence des souverains; elle était placée presque en face de la Sainte-Chapelle. Cet édifice, dont on a des dessins, était fort chargé de tourelles, d'ornements et de statues. Un grand escalier, placé sous des arcades ouvertes, conduisait au premier étage; les armes de Louis XII y étaient placées en divers endroits. Sa statue, le montrant vêtu d'un manteau d'azur semé de fleurs de lis, était placée sur la façade, dans une niche; celles des quatre Vertus cardinales l'accompagnaient.

Le 27 octobre 1737, un incendie détruisit ce palais; de nombreux registres des comptes furent détruits, et M. Gabriel, architecte du roi, fut chargé de reconstruire un édifice nouveau. Il le termina en moins de trois ans; la Chambre des comptes y reprit ses séances le 3 mai 1740, et ne cessa d'y résider jusqu'en 1844, qu'elle fut transférée au palais du quai d'Orsay, rue de Lille, mutation nécessitée par les grands travaux d'isolement et d'amélioration du palais de Justice et de la préfecture de police. Le bâtiment construit par Gabriel, modifié dans ses distributions intérieures, est devenu, depuis la translation de la Cour des comptes, la résidence ordinaire du préfet de police.

L'ORGANISATION DE L'UNIVERSITÉ.

PLANCHE XXXII. — Bas-relief de l'Organisation de l'Université.

Le Génie de l'Empereur remet la jeunesse française aux mains des cinq Facultés qui composent l'Université. Près de lui on reconnaît les Facultés de théologie, de droit, de médecine, des sciences et des lettres; cette dernière s'appuie sur un double hermès représentant Homère et Platon, afin de montrer que l'enseignement universitaire prend l'étude de l'antiquité pour base. Le geste de l'Empereur implique cette idée, que s'il confie la jeunesse à l'Université, c'est afin que celle-ci dispose la génération nouvelle à l'accomplissement des grandes destinées qu'il prépare à la France.

On lit sur la base du trône :

DÉCRET DU X MAI MDCCCVI :
IL SERA FORMÉ, SOUS LE NOM D'UNIVERSITÉ IMPÉRIALE,
UN CORPS CHARGÉ EXCLUSIVEMENT DE L'ÉDUCATION ET DE L'ENSEIGNEMENT PUBLICS
DANS TOUT L'EMPIRE.

Le but de la composition de ce bas-relief est bien exprimé par cet enfant adulte qui s'appuie avec confiance sur le souverain; les cinq Facultés sont représentées par des femmes harmonieusement groupées autour du trône : on les distingue par leurs attributs particuliers.

La loi du 10 mai 1806 fut développée dans le décret du 17 mars 1808; en voici les premières dispositions :

« L'enseignement public, dans tout l'Empire, est exclusivement confié à l'Université; aucune école, aucun établissement quelconque d'instruction, ne peut être formé hors de l'Université et sans l'autorisation de son chef. Nul ne peut avoir d'école, ni enseigner publiquement, sans être membre de l'Université, et gradué par l'une de ses Facultés. Néanmoins l'instruction dans les séminaires dépend des archevêques et évêques, chacun dans son diocèse. Ils en nomment et révoquent les directeurs et professeurs.

« L'Université sera composée d'autant d'académies qu'il y a de cours d'appel. Les écoles appartenant à chaque académie seront placées dans l'ordre suivant :

« 1° Les Facultés, pour les sciences approfondies et la collation des grades ; 2° les lycées, pour les langues anciennes, l'histoire, la rhétorique, la logique et les éléments des sciences mathématiques et physiques ; 3° les colléges, écoles secondaires communales, pour les éléments des langues anciennes et les premiers principes de l'histoire et des sciences ; 4° les institutions, écoles tenues par des instituteurs particuliers, où l'enseignement se rapproche de celui des colléges ; 5° les pensions, pensionnats, appartenant à des maîtres particuliers et consacrés à des études moins fortes que celles des institutions ; 6° les petites écoles, écoles primaires, où l'on apprend à lire, à écrire, et les premières notions du calcul. »

Ces dispositions sont encore en apparence la base de l'enseignement public en France. Mais des modifications importantes ont été introduites dans l'institution universitaire par la loi du 15 mars 1850.

Les circonscriptions universitaires sont modifiées ; on compte aujourd'hui un recteur par département.

La différence des principes entre la loi impériale et celle du 15 mars 1850 est profonde. La première repose sur la pensée que l'État a, plus qu'aucun individu privé ou aucune collection d'individus, la tradition de l'esprit général du pays, et est intéressé à diriger lui-même l'intelligence des jeunes générations vers le but spécial assigné à la nation par la Providence. La loi de 1850 a pour base cette opinion entièrement opposée que, si l'impulsion et la direction doivent venir de la puissance publique en ce qui se rapporte aux intérêts matériels du pays, il ne faut pas qu'il en soit ainsi en ce qui se rapporte aux intérêts moraux. (Rapport de la commission, 6 octobre 1850.)

En 1817, M. Royer-Collard avait dit :

« L'Université a le monopole de l'instruction, à peu près comme les tribunaux ont le monopole de la justice, l'armée celui de la force publique. L'Université n'est autre chose que le gouvernement appliqué à la direction universelle de l'instruction publique, aux colléges des villes comme à ceux de l'État, aux institutions particulières comme aux colléges, aux écoles de campagne comme aux facultés. »

En 1850, M. Beugnot, rapporteur de la nouvelle loi, s'est exprimé en ces termes : « Lorsque la liberté règnera, quand la concurrence contre les écoles du Gouvernement sera légale et encouragée, l'État, gardien des droits et des intérêts communs, ne pourra plus s'identifier avec ces écoles. S'il continue d'entretenir des établissements d'instruction publique, ce sera pour soutenir et non pour écraser la concurrence, et afin de contribuer, suivant ses vues, à l'amélioration générale de l'enseignement ; mais il ne défendra pas les droits de ses propres établissements avec plus de chaleur qu'il ne défendrait ceux des établissements libres, car il doit aux uns et aux autres un égal intérêt, puisqu'il a changé sa fonction d'instituteur unique de la nation contre celle de surveillant et de protecteur de quiconque entreprend, au nom de la loi, de distribuer à la jeunesse le bienfait de l'instruction. Si les faits extérieurs restent les mêmes, le droit est changé. »

L'ancien plan d'études universitaires établi par Napoléon, et modifié depuis en quelques points, a été profondément amélioré en 1853. Nous ne pouvons mieux indiquer le but de cette réforme qu'en citant une partie du discours que prononça M. Fortoul, ministre de l'instruction publique, à la distribution des prix de l'Université, le 11 août 1853, la première fois qu'il eut à récompenser les élèves, après les nouvelles dispositions apportées par lui dans les études universitaires : « L'enseignement avait autrefois pour objet de développer dans chaque individu les facultés générales de l'espèce, et, comme on le disait, de former *l'homme,* c'est-à-dire de façonner dans notre propre personne un être en quelque sorte idéal ou universel. Ce but élevé, nos devanciers le poursuivaient par des moyens qui semblaient les en éloigner davantage : comme, en se proposant de faire des hommes, ils dédaignaient de chercher à les rendre aptes aux principales fonctions de la société et de l'État, il arrivait, d'une part, que les jeunes gens, trouvant dans le monde, quand ils y entraient, une diversité infinie de besoins qu'ils ignoraient et de carrières qu'on ne leur avait pas même fait entrevoir, prenaient la vie réelle en dégoût, et s'efforçaient trop souvent de lui substituer des rêves impraticables, et d'autre part, que les familles, impatientes d'assurer à leurs enfants une profession certaine et lucrative, se déshabituaient des colléges réguliers de l'Université qui n'y préparaient point, et transportaient leur confiance à des établissements où l'on sacrifiait sans remords, à la culture exclusive d'une aptitude douteuse, le développement et la dignité des forces vitales de l'intelligence humaine. L'homme vraiment s'amoindrissait dans ces natures mutilées, que, par un privilége surprenant, on destinait cependant à recruter les grands services de l'État. C'est l'homme lui-même que nous avons voulu venger et relever. Par une meilleure répartition du travail, par une association variée, mais toujours maintenue entre les lettres et les sciences, nous avons aspiré à fonder un enseignement qui, en développant les aptitudes particulières des individus, et en formant des personnes diverses pour des destinées différentes, conservât partout avec soin et vivifiât cette empreinte identique et céleste que Dieu a déposée sur sa créature en s'inclinant vers elle. »

LE CONCORDAT.

PLANCHE XXXIII. — Bas-relief du Concordat.

Le Génie de Napoléon réconcilie Rome catholique et la France. La croix est relevée, la morale religieuse peut exercer de nouveau son influence. Le vieillard remercie le ciel à la vue de ce signe sacré de la religion de ses pères; la jeune fille, à genoux, trouve un appui dans de saintes croyances; deux jeunes gens redressent avec amour le signe d'espérance et de régénération.

On lit sur le fond du bas-relief :

L'ÉGLISE GALLICANE RENAIT PAR LES LUMIÈRES ET LA CONCORDE.

Cette belle et simple composition est digne du sujet qu'elle reproduit, et rappelle d'une manière convenable l'importante mesure pour laquelle Napoléon eut à lutter, d'une part, contre le principe de séparation entre la France et Rome, établi par l'assemblée constituante, d'une autre, contre l'opinion des hommes qui l'entouraient, et dont les uns voulaient qu'il ne s'occupât point d'affaires religieuses, les autres, qu'il créât une Église française ou qu'il établît le protestantisme. Il dut résister enfin aux exigences de Rome, qui voulait de lui plus de concessions qu'il n'avait résolu d'en accorder.

Voici le texte du Concordat :

Convention entre le Gouvernement français et Sa Sainteté Pie VII.

« Le gouvernement de la république française reconnaît que la religion catholique, apostolique et romaine, est la religion de la grande majorité des Français.

» Sa Sainteté reconnaît également que cette même religion a retiré et attend encore, en ce moment, le plus grand bien et le plus grand éclat de l'établissement du culte catholique en France, et de la profession particulière qu'en font les consuls de la république.

» En conséquence, d'après cette reconnaissance mutuelle, tant pour le bien de la religion que pour le maintien de la tranquillité intérieure, ils sont convenus de ce qui suit :

» ARTICLE 1er. La religion catholique, apostolique et romaine, sera librement exercée en France; son culte sera public, en se conformant aux règlements de police que le gouvernement jugera nécessaires pour la tranquillité publique.

» 2. Il sera fait par le saint-siége, de concert avec le gouvernement, une nouvelle circonscription des diocèses français.

» 3. Sa Sainteté déclarera aux titulaires des évêchés français qu'elle attend d'eux avec une entière confiance, pour le bien de la paix et de l'unité, toute espèce de sacrifices, même celui de leurs siéges.

» D'après cette exhortation, s'ils se refusaient à ce sacrifice commandé pour le bien de l'Église (refus néanmoins auquel Sa Sainteté ne s'attend pas), il sera pourvu, par de nouveaux titulaires, au gouvernement des évêchés de la circonscription nouvelle, de la manière suivante :

» 4. Le premier consul de la république nommera, dans les trois mois qui suivront la publication de la bulle de Sa Sainteté, aux archevêchés et évêchés de la circonscription nouvelle. Sa Sainteté conférera l'institution canonique suivant les formes établies par rapport à la France, avant le changement de gouvernement.

» 5. Les nominations aux évêchés, qui vaqueront dans la suite, seront également faites par le premier consul, et l'institution canonique sera donnée par le saint-siége en conformité de l'article précédent.

» 6. Les évêques, avant d'entrer en fonctions, prêteront directement, entre les mains du premier consul, le serment de fidélité qui était en usage avant le changement de gouvernement, exprimé dans les termes suivants :

« Je jure et promets à Dieu, sur les saints Évangiles, de garder obéissance et fidélité au gouverne-
» ment établi par la constitution de la république française; je promets aussi de n'avoir aucune intelligence,

« de n'assister à aucun conseil, de n'entretenir aucune ligue, soit au dedans, soit au dehors, qui soit » contraire à la tranquillité publique; et si, dans mon diocèse ou ailleurs, j'apprends qu'il se trame quelque » chose au préjudice de l'État, je le ferai savoir au gouvernement. »

» 7. Les ecclésiastiques de second ordre prêteront le même serment entre les mains des autorités civiles désignées par le gouvernement.

» 8. La formule de prière suivante sera récitée, à la fin de l'office divin, dans toutes les églises catholiques de France.

» 9. Les évêques feront une nouvelle circonscription des paroisses de leurs diocèses, qui n'aura d'effet que d'après le consentement du gouvernement.

» 10. Les évêques nommeront aux cures; leur choix ne pourra tomber que sur des personnes agréées par le gouvernement.

» 11. Les évêques pourront avoir un chapitre dans leur cathédrale, et un séminaire dans leur diocèse, sans que le gouvernement s'engage à les doter.

» 12. Toutes les églises métropolitaines, cathédrales, paroissiales et autres non aliénées, nécessaires au culte, seront remises à la disposition des évêques.

» 13. Sa Sainteté, pour le bien de la paix et l'heureux rétablissement de la religion catholique, déclare que ni elle, ni ses successeurs, ne troubleront en aucune manière les acquéreurs des biens ecclésiastiques aliénés, et qu'en conséquence la propriété de ces mêmes biens, les droits et revenus y attachés, demeureront incommutables entre leurs mains ou celles de leurs ayants cause.

» 14. Le gouvernement assurera un traitement convenable aux évêques et aux curés dont les diocèses et les paroisses seront compris dans la circonscription nouvelle.

» 15. Le gouvernement prendra également des mesures pour que les catholiques français puissent, s'ils le veulent, faire, en faveur des églises, des fondations.

» 16. Sa Sainteté reconnaît dans le premier consul de la république française les mêmes droits et prérogatives dont jouissait près d'elle l'ancien gouvernement.

» 17. Il est convenu entre les parties contractantes que, dans le cas où quelqu'un des successeurs du premier consul actuel ne serait pas catholique, les droits et prérogatives mentionnés dans l'article ci-dessus, et la nomination aux évêchés, seront réglés, par rapport à lui, par une nouvelle convention.

» Les ratifications seront échangées à Paris dans l'espace de quarante jours.

» Fait à Paris, le 26 messidor an 11. »

Postérieurement au concordat, et à l'occasion du sacre, Napoléon adressa ces paroles à une députation protestante admise auprès de lui :

« Je veux que l'on sache bien que mon intention et ma ferme volonté sont de maintenir la liberté des cultes. L'empire de la loi finit où commence l'empire indéfini de la concience; la loi ni le prince ne peuvent rien contre cette liberté; tels sont mes principes et ceux de la nation. »

Les conséquences du Concordat furent la réhabilitation du culte et du clergé, la restauration des églises depuis longtemps abandonnées, la délimitation nouvelle des paroisses et la construction de temples pour celles qui en manquaient, s'ils avaient été détruits pendant les troubles révolutionnaires. D'anciennes églises conventuelles délaissées furent affectées au culte protestant, Napoléon ayant déclaré formellement qu'il prétendait favoriser la liberté de conscience. Bien que cette religion ne fût point celle de l'État, ses ministres furent respectés et les protestants admis dans les emplois publics. Les Israélites jouirent aussi des privilèges de la liberté des cultes plus que par le passé; ils entrèrent eux-mêmes dans tous les droits accordés aux catholiques et aux protestants, et lorsque leurs capacités purent être utiles au pays, on ne les repoussa point des fonctions administratives, comme l'avaient fait jusqu'alors la plupart des gouvernements antérieurs. Ainsi disparurent de France, au commencement du dix-neuvième siècle, les funestes conséquences de la révocation de l'édit de Nantes de 1685.

LE CODE CIVIL.

PLANCHE XXXIV. — Bas-relief du Code civil.

Le Génie impérial supprime l'ancienne législation de la France et la remplace par une loi unique. Un vieillard et un jeune homme, placés sur les degrés du trône, personnifient le droit ancien et le droit nouveau; deux figures placées aux angles du bas-relief représentent des Provinces de la France : l'une déchire le droit coutumier, recueil de lois, de privilèges et d'abus; l'autre adhère à la nouvelle loi, égale et intelligible pour tous, et prête serment au Code Napoléon.

Sur les marches du trône, on lit cette inscription :

MON SEUL CODE, PAR SA SIMPLICITÉ, A FAIT PLUS DE BIEN EN FRANCE
QUE LA MASSE DES LOIS QUI L'ONT PRÉCÉDÉ.

Sur la table que tient le vieillard, on lit :

DROIT ROMAIN, INSTITUTES DE JUSTINIEN.

Sur celle que tient le jeune homme, on lit :

CODE NAPOLÉON.
JUSTICE ÉGALE ET INTELLIGIBLE POUR TOUS.

Les traits de l'Empereur offrent, dans ce bas-relief, un caractère de grandeur et de noble inspiration très-remarquable; l'affaissement du vieillard, sous l'ascendant du Génie, la fermeté et la force virile du jeune homme qui soutient le Code, forment un contraste qui exprime le but de cette composition.

On sait dans quel état de confusion se trouvait la législation française avant 1789. Malgré les admirables travaux de plusieurs grands jurisconsultes, la multiplicité des ordonnances, des règlements, des coutumes, des juridictions, offrait à l'esprit un véritable dédale.

La constitution de 1791 avait annoncé la rédaction d'un Code civil destiné à régir également toutes les parties du territoire français.

Le 9 avril 1793, Cambacérès présenta à la convention un travail de codification; l'assemblée rejeta ce projet. Ce ne fut pas une cause de découragement pour Cambacérès, qui revint de nouveau soumettre à ses collègues deux autres projets, le 23 fructidor de l'an 2 et le 24 prairial de l'an 4. Il n'eut pas plus de succès dans ces deux tentatives.

Le 12 août 1800 (24 thermidor an 8), les consuls nommèrent une commission chargée d'examiner les travaux faits jusqu'à ce jour pour réaliser le vœu de la constitution de 1791, de rédiger un plan, de préparer par une discussion les divers éléments du Code. Cette commission était composée de Bigot-Préameneu, de Tronchet, de Portalis et de Malleville.

En quatre mois, le projet fut terminé. On le soumit aux observations du tribunal de cassation et des tribunaux d'appel. On le discuta dans la section de législation du conseil d'État et dans l'assemblée générale de ce conseil. Enfin, conformément aux prescriptions de la constitution de l'an 8, on le porta au corps législatif et au tribunat.

Les différentes lois composant le Code civil, au nombre de cinquante-six, décretées d'abord une à une et rendues exécutoires séparément, furent réunies en un seul corps, sous le titre de *Code civil des Français,* par la loi du 30 ventôse an 12.

On considère aujourd'hui, avec raison, le Code civil comme une des plus grandes œuvres qui soient nées de la révolution française et du consulat. Il s'en faut de beaucoup cependant que ce travail important ait été accueilli d'abord avec enthousiasme ou même avec approbation. Ainsi le projet du Code civil fut critiqué avec vivacité au tribunat. Parmi les membres qui s'opposèrent avec le plus d'ardeur à l'adoption, étaient MM. Andrieux, Benjamin Constant, Chénier, Ginguené, Thiessé, Favard, Siméon, etc. On reprochait à ce Code de n'être qu'une compilation précipitée du droit romain ou coutumier, des *Institutes* de Justinien, de Domat, de Pothier, etc. On refusait d'y voir une grande création nouvelle qui fût particulière à la société française. M. Portalis et ses collaborateurs répondaient, dit M. Thiers, « qu'en fait de législation, il ne s'agissait pas d'être original, mais clair, juste et sage; qu'on n'avait pas une société nouvelle à constituer, comme Moïse ou Lycurgue, mais une vieille société à réformer en quelques points, à restaurer en beaucoup d'autres; que le droit français se faisait depuis dix siècles; qu'il était tout à la fois le produit de la science romaine, de la féodalité, de la monarchie et de l'esprit moderne, agissant ensemble pendant une longue durée de temps sur les mœurs françaises; que le droit civil de la France, résultant de ces causes diverses, devait être assorti aujourd'hui à une société qui avait cessé d'être aristocratique pour devenir démocratique; qu'il fallait, par exemple, revoir les lois sur le mariage, sur la puissance paternelle, sur les successions, pour les dépouiller de tout ce qui répugnait au temps présent; qu'il fallait purger les lois sur la propriété de toute servitude féodale, rédiger cet ensemble de prescriptions dans un langage net, précis, qui ne donnât plus lieu aux ambiguïtés, aux contestations interminables, et mettre le tout dans un bel ordre; que c'était là le seul monument à élever. » Malgré ces observations, les premiers titres du Code furent rejetés par le tribunat. Le gouvernement retira le projet. Mais, en juin 1802, Napoléon, alors premier consul, fit reprendre la rédaction du Code civil. Une section du conseil d'État et une section du tribunat se réunirent journellement, pour se livrer à ce travail, chez le consul Cambacérès. L'opposition avait été réduite à l'impuissance, la volonté du premier consul ne rencontra plus d'obstacles.

On sait qu'il avait pris part personnellement à la discussion du Code, dans le conseil d'État (à la fin de 1801). « Assistant à chacune de ces séances, dit son historien, il avait déployé, en les présidant, une méthode, une clarté, souvent une profondeur de vues, qui étaient pour tout le monde un sujet de surprise. Habitué à diriger des armées, à gouverner des provinces conquises, on n'était pas étonné de le trouver administrateur, car cette qualité est indispensable à un grand général; mais la qualité de législateur avait chez lui de quoi surprendre. Son éducation, sous ce rapport, avait été promptement faite. S'intéressant à tout parce qu'il comprenait tout, il avait demandé au consul Cambacérès quelques livres de droit, et notamment les matériaux préparés sous la convention pour la rédaction du Code civil. Il les avait dévorés. Bientôt, classant dans sa tête les principes généraux du droit civil, joignant à ces quelques notions rapidement recueillies sa profonde connaissance de l'homme, sa parfaite netteté d'esprit, il s'était même rendu capable de diriger ce travail si important, et il avait fourni à la discussion une large part d'idées justes, neuves, profondes. Quelquefois une connaissance insuffisante de ces matières l'exposait à soutenir des idées étranges; mais il se laissait bientôt ramener au vrai par les savants qui l'entouraient, et il était leur maître à tous quand il fallait tirer du conflit des opinions contraires la conclusion la plus naturelle et la plus raisonnable. Le principal service que rendait le premier consul, c'était d'apporter à l'achèvement de ce beau monument un esprit ferme, une volonté de travail soutenue, et par là de vaincre les deux difficultés devant lesquelles on avait échoué jusqu'alors, la diversité infinie des opinions et l'impossibilité de travailler avec suite au milieu des agitations du temps. Quand la discussion, comme il arrivait souvent, avait été longue, diffuse, obstinée, le premier consul savait la résumer, la trancher d'un mot, et de plus, il obligeait tout le monde à travailler, en travaillant lui-même des journées entières. On imprimait et l'on publiait le procès-verbal de ces séances remarquables. Cependant, avant de le livrer au *Moniteur*, le consul Cambacérès avait soin de le revoir et de supprimer ce qui n'était pas convenable à publier, soit que le premier consul eût émis des opinions quelquefois singulières, ou traité des questions de mœurs avec une familiarité de langage qui ne devait pas aller au delà de l'enceinte d'un conseil intime. Il ne restait donc dans les procès-verbaux que la pensée quelquefois rectifiée, souvent décolorée, mais toujours frappante, du premier consul. »

On a vu que le recueil des lois sorties de ces discussions avait été promulgué en l'an 12, sous le titre de *Code civil des Français*. Le 3 septembre 1807, il en fut décrété une nouvelle rédaction sous le nom de *Code Napoléon*.

« Notre Code civil, disait M. de Golbéry en 1843, gouverne encore la Belgique, une grande partie de l'Allemagne, plusieurs états de l'Italie; il renaît en Sardaigne, où il avait été aboli, et devient, avec le droit romain, la principale base d'une législation nouvelle. Notre Code de commerce est imité, complété en Espagne et en Portugal. Notre Code pénal devient le type de celui de Sicile en 1819, de celui de Parme en 1820, de celui de Rome en 1832; et cette œuvre tant de fois accusée jette ses reflets jusque sur le code du Brésil. La Bavière établit dans la Grèce régénérée notre organisation judiciaire et notre instruction criminelle. L'Angleterre elle-même abandonne les incertitudes de sa *common law* et son droit statuaire; elle bannit de ses lois cette cruelle mais inefficace prodigalité de la peine de mort.

LA CRÉATION DU CONSEIL D'ÉTAT.

PLANCHE XXXV. — Bas-relief de la Création du conseil d'État.

Le Génie de Napoléon appelle à lui, pour gouverner et administrer la France, toutes les spécialités, toutes les puissances intellectuelles du pays.

Au milieu de ce conseil éminent, où des hommes nouveaux prennent place avec les hommes des anciens jours, car le mérite seul en ouvre l'accès, on reconnaît la Vérité et la Justice inspirant toutes les grandes décisions.

La Victoire placée derrière le trône indique que c'est par la guerre que Napoléon est arrivé au pouvoir suprême, et qu'en lui se confondent le héros et le législateur.

Sur la base du trône on lit cette inscription :

CONSEIL D'ÉTAT, III NIVOSE AN VIII.
COOPÉREZ AUX DESSEINS QUE JE FORME POUR LA PROSPÉRITÉ DES PEUPLES.

L'artiste s'est appliqué, dans ce bas-relief, à donner à Napoléon le calme et la sérénité de la toute-puissance, et aux savants, aux philosophes, aux magistrats qui l'entourent, l'expression de la force intellectuelle.

Avant 1789, le conseil d'État offrait l'image de la confusion qui régnait dans les pouvoirs publics. Il prenait part à la fois à la politique et au gouvernement, par son intervention dans les affaires étrangères, dans les finances et le commerce; à la justice, par les règlements de juges, les évocations et les cassations; à l'administration, par la juridiction qu'il exerçait sur les ordonnances des intendants, sur les décisions de la Cour des aides et de la Cour des comptes. Mais s'il empiétait sur la justice, la justice à son tour lui disputait ses pouvoirs, et, tandis qu'il la dépouillait de contestations purement judiciaires, elle s'emparait, dans les parlements, par le moyen des arrêts, des règlements et des ajournements personnels, de l'action administrative. Ce qui composait alors le conseil d'État n'était que la réunion de cinq conseils séparés, constituant autant de corps distincts. On y voyait rassemblées la robe, l'église, l'épée, la finance [1]. »

Pendant la révolution française, diverses lois affaiblirent ou transformèrent l'ancien conseil d'État [2].

Un arrêté consulaire du 6 nivôse an 8 régla l'organisation du conseil d'État et le chargea : 1° de développer le sens des lois sur le renvoi qui lui serait fait par les consuls; 2° de prononcer sur les conflits qui pourraient s'élever entre les autorités administrative et judiciaire, et sur toutes les affaires contentieuses dont la décision était renvoyée précédemment aux ministres.

Ces attributions furent successivement étendues par divers décrets et sénatus-consultes.

« Sous le consulat et l'Empire, le conseil d'État est pouvoir constitutionnel; il rédige les lois, les discute devant le corps législatif quand elles y sont portées, les interprète quand elles sont rendues. Les fonctionnaires de l'ordre le plus élevé, traduits devant les commissions choisies dans son sein, sont appelés à lui rendre compte de leur conduite; ses membres, depuis les conseillers d'État jusqu'aux simples auditeurs, sont pourvus des missions les plus importantes, administrent les pays conquis, en organisent les finances, rédigent les codes. Les hommes les plus considérables y sont appelés et tiennent à honneur d'en faire partie. Dominés par ce corps puissant, soumis à sa censure et presque à son contrôle, les ministres n'occupent que le second rang dans la hiérarchie administrative [3]. »

Le conseil d'État avait place après le sénat et avant le corps législatif. Il siégeait aux Tuileries, auprès du cabinet même de l'Empereur. « Là, dit l'auteur des *Études administratives*, brillaient Cambacérès, le plus didactique des législateurs et le plus habile des présidents; Tronchet, le plus savant des jurisconsultes de l'Europe; Treilhard, le plus nerveux dialectitien du conseil; Portalis, célèbre par son éloquence; Ségur, par les grâces de son esprit; Zangiacomi, par la concision tranchante de sa parole; Allent, par la profondeur de ses connaissances; Dudon, par son érudition administrative; Chauvelin, étincelant de saillies; Cuvier, tête forte et universelle; Pasquier, si placide; Boulay, si profond et si abondant; de Gérando, si versé dans la science du droit administratif; Andréossy, dans l'art du génie; Saint-Cyr, dans la stratégie militaire; Regnault de Saint-Jean-d'Angely, orateur brillant, publiciste consommé, travailleur infatigable; Bernadotte, roi de Suède, et Jourdan, le vainqueur de Fleurus. »

Le conseil d'État reçut une organisation nouvelle et des règlements le 11 juin 1826; puis une loi du 19 juillet 1845 détermina d'une manière précise sa composition, ses fonctions et ses formes de procéder. Il fut composé des ministres secrétaires d'État, de conseillers, de maîtres de requêtes et d'auditeurs. Le garde des sceaux présida le conseil, qu'on divisa en membres en service ordinaire et extraordinaire; trente conseillers, trente maîtres des requêtes et quarante-huit auditeurs formèrent le personnel en service ordinaire; le même nombre, moins les auditeurs, furent appelés en service extraordinaire.

Les fonctions du conseil restèrent à peu près les mêmes que sous le Consulat et l'Empire. Quant aux formes de procéder, elles furent divisées en deux parties distinctes : matières administratives et matières contentieuses. Pour l'examen des premières, le conseil fut divisé en comités correspondant aux divers départements ministériels, chaque ministre secrétaire d'État présidant celui qui correspondait à son ministère. Certaines affaires furent soumises seulement aux délibérations des comités; les autres à l'assemblée générale du conseil d'État. L'assemblée générale se composa des ministres, des conseillers en service extraordinaire,

(1) *Études administratives*, par M. Vivien, membre de l'Institut; 1852.

(2) Même ouvrage.

(3) Même ouvrage.

autorisés à participer aux travaux et délibérations; les maîtres des requêtes en service ordinaire et extraordinaire, ainsi que les auditeurs, furent admis à l'assemblée générale avec voix consultative ou délibérative, selon la part prise par eux aux affaires. Pour les matières contentieuses, un comité spécial fut chargé de diriger l'instruction écrite et de préparer le rapport de toutes les affaires; il fut composé de cinq conseillers d'État en service ordinaire, et d'un nombre de maîtres des requêtes et d'auditeurs proportionné. Les questions posées par le rapport furent communiquées aux avocats des parties avant la séance publique.

L'ADMINISTRATION FRANÇAISE.

Planche XXXVI. — Bas-relief de l'Administration française.

Le Génie impérial, près duquel s'élève le faisceau, symbole du pouvoir souverain, tient d'une main la loi du 28 pluviôse an 8, qui a constitué la centralisation administrative, et de l'autre le timon des affaires, portant sur la carte de la France centralisée. L'hydre qui est écrasée sous le poids du gouvernail directeur, représente l'anarchie administrative dont la France sera désormais délivrée.

La Justice et la Prudence, placées auprès de l'Empereur, éclairent et préparent ses décisions; les deux figures de l'Abondance et de la Prospérité publique, retracent les grands résultats qui doivent être produits par l'unité du pouvoir administratif. On lit au bas du trône :

SANS ORDRE L'ADMINISTRATION N'EST QU'UN CHAOS.

Ce bas-relief est, dans la série, l'un de ceux qui se rapprochent le plus du style antique, par la richesse de la composition, par le charme que présentent les nombreuses figures de femmes ingénieusement drapées, enfin par l'abondance des accessoires qui contrastent avec la figure grave de l'Empereur.

Avant 1789, l'administration de la France était d'une complication extrême. A travers la multiplicité des fonctionnaires ou agents et la diversité des divisions administratives, il était à peu près impossible d'entrevoir aucune sorte d'unité, soit dans le plan, soit dans l'action gouvernementale.

On divisait la France, sous le rapport de sa constitution ecclésiastique, en dix-huit archevêchés; financièrement, en trente-deux intendances et généralités; politiquement, en seize districts de parlements et autres cours souveraines; militairement, en quarante gouvernements généraux de provinces.

Les conseils où l'on traitait les grandes affaires de l'État étaient : le conseil du roi, le conseil des dépêches, le conseil royal des finances, le conseil royal de commerce, le conseil d'État privé ou des parties, la grande chancellerie de France.

La justice, pour les affaires ordinaires, était administrée par les châtellenies, prévôtés, vigueries et autres juridictions royales et seigneuriales, formant le degré inférieur; les bailliages, les sénéchaussées; puis par les présidiaux, justices moyennes ou intermédiaires. Enfin les affaires majeures étaient portées aux parlements ou conseils souverains et autres tribunaux supérieurs. En 1789, on comptait dans le royaume treize parlements, siégeant à Paris, Toulouse, Grenoble, Bordeaux, Dijon, Rouen, Aix, Rennes, Pau, Metz, Douai, Besançon et Nancy. Il faut ajouter d'autres institutions qui avaient la même autorité que les parlements, telles que le conseil provincial d'Artois, les conseils souverains d'Alsace à Colmar, de Roussillon à Perpignan. Le parlement de Paris était composé de six chambres. Enfin, au-dessus de toutes ces juridictions, il y avait encore deux tribunaux : le grand conseil, et la prévôté de l'hôtel du roi. Diverses branches de l'administration avaient des tribunaux séparés : en matière d'impôt, par exemple, on avait les tribunaux des trésoriers de France, la Cour des aides pour les aides, tailles, gabelles, etc.

L'organisation administrative et judiciaire adoptée par la révolution française est aussi simple que celle à laquelle elle a succédé était complexe et diffuse.

La France est divisée en départements et en arrondissements, tous administrés d'après le même système par des agents correspondant, de degré en degré, jusqu'au centre, où quelques ministres occupent la tête de l'administration et se groupent en conseil autour du chef de l'État. Ce chef, empereur, roi ou président, est, à tout instant, immédiatement informé de tout ce qui se passe sur l'étendue entière du pays. Du cabinet où il travaille, il voit, pour ainsi dire, de la capitale jusqu'aux frontières, fonctionner toutes les autorités administratives supérieures avec une régularité presque mathématique. Tel est le plan tracé par les assemblées républicaines et perfectionné, surtout mis en pratique, par le premier consul. On l'a comparé à la toile d'araignée, où le moindre mouvement imprimé à l'un des fils, même le plus éloigné, se communique au centre avec une rapidité électrique. Sans doute on peut abuser d'une si belle harmonie; mais une régularité parfaite n'exclut pas nécessairement la possibilité d'une indépendance raisonnable et juste dans chacune des parties du réseau, et l'on ne saurait, en aucune hypothèse, considérer comme moins favorable aux abus, un état de confusion et de désordre où il est loisible aux administrateurs subalternes de faire tourner au profit de leurs intérêts et de leurs passions l'espèce de voile qui les dérobe à l'œil de l'autorité supérieure.

Cette centralisation, contre laquelle les provinces ont souvent réclamé, a produit cependant cette grande unité qui caractérise l'administration française, la distingue de toutes celles des pays circonvoisins, et fait la force nationale. Combien autrefois, au contraire, n'était-il pas difficile d'administrer unitairement un vaste royaume, offrant toutes les divisions matérielles et morales indiquées ci-dessus! Qu'on y ajoute des mœurs diverses dans des provinces éloignées les unes des autres, des coutumes locales, des intérêts isolés et ne se rattachant pas au tout principal; toutes ces causes d'abus, de divisions, de guerre civile même, disparaissent de jour en jour par la simplicité de la marche administrative actuelle que nous devons à la république, que Napoléon a complété, et qui, depuis un demi-siècle, a mis la France dans la haute position qu'elle tient aujourd'hui en Europe, en lui donnant une force et une unité d'action qui n'en font qu'un corps unique dans lequel des millions d'hommes sont dirigés comme un seul.

De nos jours, la rapidité des transports par les voies de fer, la transmission des ordres à donner par le moyen des télégraphes électriques, viennent ajouter encore à l'unité, à la précision, à la promptitude d'action si nécessaire pour administrer un grand État et donner une nouvelle force à la direction centrale. Si la première de ces grandes découvertes de notre siècle a produit déjà depuis quelques années tant de résultats pour vivifier notre territoire, y répandre des bienfaits de tous genres, établir de ville à ville, de province à province, des relations si faciles, si importantes à tous égards, que d'avantages l'administration n'en doit-elle pas tirer dans son action directrice! Les relations internationales, que son intervention établit, ne concourent pas moins à donner des moyens d'améliorer les provinces qui peuvent avoir, d'une façon toute particulière, besoin de profiter des produits des nations voisines. Quant au télégraphe électrique, d'invention plus récente, et non encore appliqué comme il le sera un jour, on prévoit tout ce qu'il apportera de facilités pour l'administration centrale, lorsque ses effets pourront se produire sur tous les points du territoire, et s'étendre non-seulement jusqu'aux îles voisines du continent, mais encore dans les colonies.

LA PACIFICATION DES TROUBLES CIVILS.

PLANCHE XXXVII. — Bas-relief de la Pacification des troubles civils.

Le Génie de Napoléon, à la fois guerrier et pacificateur, foule aux pieds l'Anarchie dont les armes sont brisées; il fait tomber les chaînes de l'Église catholique opprimée par la révolution, puis élève le rameau de la paix au-dessus de la Vendée, qui, soumise et confiante, remet l'épée dans le fourreau. A droite du bas-relief, l'Émigration rappelée en France est représentée par un vieillard qui retrouve à la fois patrie, famille et liberté. Sur le côté gauche, les partis qui ensanglantèrent la France, l'Ancien régime et la jeune Liberté, se réconcilient.

Sur le fond du bas-relief on lit cette inscription :

LES PRINCIPES DÉSORGANISATEURS S'ÉVANOUISSENT, LES FACTIONS SE COURBENT,
LES PARTIS SE CONFONDENT, LES PLAIES SE FERMENT;
LA CRÉATION SEMBLE ENCORE UNE FOIS SORTIR DU CHAOS.

Ce bas-relief, qui porte ainsi que les autres la physionomie antique, termine la série et clôt l'ordre des idées à l'aide desquelles l'art s'est donné la mission d'exprimer le caractère dominant du règne de l'Empereur.

L'anarchie, la guerre civile et des désordres graves étaient nés après la révolution française; la vie politique de Napoléon avait commencé au milieu d'eux; devenu successivement consul et empereur, son désir fut de les faire complétement disparaître pour donner au pays le calme dont il avait si grand besoin.

Le soulèvement de la Vendée en 1793, en faveur de la royauté, avait été le signal d'une guerre civile cruelle et prolongée; le premier consul la termina en 1800.

On a vu précédemment quelles furent les conséquences du Concordat pour rendre au culte sa dignité, et au clergé la position qui lui est due dans un grand État.

En 1793, les Français restés fidèles à la famille royale avaient proclamé roi le fils de Louis XVI, sous le nom de Louis XVII, et nommé le comte de Provence régent de France. L'émigration, qui avait commencé précédemment, en 1790, se continua plus développée, et, à la mort de Louis XVII, proclama à Vérone Louis XVIII roi de France. Vingt mille émigrés avaient menacé Strasbourg; une autre armée, débarquant à Quiberon, avait été détruite par Hoche en 1795.

Plus d'une conspiration royaliste avait menacé les jours de Napoléon. Une amnistie fut accordée aux émigrés: ils rentrèrent en France et dans une partie de leur fortune précédemment séquestrée. En favorisant des alliances entre l'ancienne noblesse et celle qu'il créait lui-même, Napoléon commença une fusion favorable à la paix intérieure.

L'ordre judicaire fut rétabli et réintégré; l'administration réorganisée contribua plus que jamais à ramener l'ordre intérieur. Les grands travaux entrepris pour donner la vie aux industries de tout genre, ramenant l'abondance chez les ouvriers, fit oublier les mauvais jours; enfin les grandes institutions nouvelles qu'on dut à Napoléon, telles que la fondation de la Légion d'honneur, l'organisation de l'Université, la protection accordée au commerce et à l'industrie, l'égalité donnée à tous dans l'application des lois, tout en satisfaisant aux idées nouvelles, ramenèrent peu à peu les partisans de l'ancien régime à ressentir moins de regrets de l'abolition des priviléges d'autrefois, puis à comprendre que la civilisation avait marché et devait faire scission avec le passé : de là commença à naître l'harmonie entre les hommes du jour et ceux d'autrefois. Un demi-siècle d'expérience et de luttes a fait comprendre de nos jours combien cette fusion, commencée par l'Empereur, était nécessaire au repos du pays, combien la France du dix-neuvième siècle ressemble peu à celle du dix-huitième, et tout ce qu'il y aurait d'inconséquence et de folie à vouloir faire marcher en arrière une nation qui aujourd'hui est à la tête de la civilisation moderne.

Telles sont les idées que le dernier bas-relief de la série confiée au beau talent de M. Simart exprime. Hommage à l'artiste qui, par la sagesse de sa composition, par l'habileté de son ciseau, a pu exprimer, d'une manière durable, tant de faits résumés en si peu de personnages, et a imprimé à son œuvre le grand caractère de gravité qui convenait à un pareil sujet. Du reste, en terminant cette explication des divers bas-reliefs qui composent cette belle suite historique, on ne peut que reproduire le jugement qui a été porté sur chacun des sujets en particulier. Cette œuvre est digne des plus beaux siècles de l'art; elle met la France au niveau des nations qui ont le plus excellé dans la sculpture.

Ces dix bas-reliefs sont exécutés en marbre blanc de Carrare; ils ont $4^m,31$ de longueur sur $2^m,57$ de haut. Appliqués contre les parois de la galerie circulaire qui enveloppe le centre du monument, on a dû leur donner une forme cintrée en harmonie avec la place qu'ils occupent; cette condition locale dut augmenter

PLANCHE XXXVIII. — Grille du Reliquaire.

les difficultés pour le sculpteur chargé de leur exécution, puisqu'elle plaçait sur un plan courbe, peu prononcé il est vrai, l'ensemble des figures qui constituent chacune des compositions.

Au fond de la galerie de circulation, et dans l'axe du monument, est le reliquaire, déjà indiqué sur le plan et sur la coupe générale par les lettres B et D, et dénommé ainsi parce qu'on y a déposé des objets précieux à plus d'un titre, soit comme monuments des victoires de l'Empire, soit comme des souvenirs personnels de Napoléon, puisque ce sont ses insignes et des parties de son costume. La disposition est carrée; on y a joint trois niches profondes : une en face de l'entrée, deux sur les côtés. Ce lieu réservé, mystérieux par l'absence du jour, et dans lequel la vue n'est guidée que par la lueur d'une lampe toujours allumée, est pratiqué sous le sol du dôme, vers la branche méridionale de la croix. Une porte de style grec et une grille ingénieusement composée le précèdent et en défendent à toujours l'accès; la claire voie dorée de la grille permet seule à l'œil de pénétrer dans le reliquaire.

Cette salle réservée est complétement construite en marbre. Un plafond simple, orné de caissons renfoncés que décorent des moulures et des rosaces ou clous en bronze, occupe le sommet; des pilastres cannelés

PLANCHE XXXIX. — Pavé mosaïque du Reliquaire.

limitent, dans le fond, la niche carrée dans laquelle s'élève la statue de l'Empereur; ces pilastres, reproduits sur les faces latérales du reliquaire, sont placés vers les limites de deux niches semi-circulaires, pratiquées latéralement pour contenir des drapeaux; le plan et la vue d'ensemble, gravés aux planches XXXIX et XLII, expliquent ces dispositions.

Le sol est formé d'une précieuse mosaïque dont les panneaux allongés contiennent les représentations du sceptre, de la main de justice, de la foudre et de l'épée, attributs de la puissance impériale; sur les angles sont tracées des couronnes; des marbres colorés encadrent ces représentations diverses, figurées à la

Planche XL. — Piédestal portant l'épée.

Planche XLI. — Trépied; support des drapeaux.

planche XXXIX, et complètent, par la richesse de leurs tons, l'ensemble de ce beau pavé. En donnant une idée exacte de sa disposition et de ses ornements, la gravure indique, en outre, au point A la place occupée par le piédestal qui porte l'épée de l'Empereur, au point B celui de sa statue, en C les deux trépieds dans lesquels sont placés les nombreux drapeaux conquis sur les diverses nations de l'Europe qui, sous l'Empire, furent en guerre avec la France. L'exécution de ces mosaïques, ainsi que de toutes celles qui ornent le tombeau de Napoléon, a été conçue dans le système florentin. Le style des ornements est celui qui, chez nous, était en faveur du temps de l'Empire, imitation plus ou moins vraie de l'art romain, tel qu'il était sous les empereurs du premier et du second siècle du christianisme.

L'art grec, qui domine en général dans la décoration architecturale du tombeau de l'Empereur, est aussi celui qui a été choisi pour orner le reliquaire, non-seulement dans l'ensemble de ses dispositions et des détails de moulures qui les encadrent ou les enrichissent, mais aussi dans la composition et la sculpture des trois meubles qui s'y trouvent et en complètent la conception générale; ces meubles sont représentés sur les planches XL et XLI.

Au centre du reliquaire s'élève un piédestal en porphyre, ajusté à l'antique, et décoré d'ornements dans le style grec le plus pur; il porte une cassette en bronze, sous la forme d'un coussin; elle contient quelques objets qui appartinrent à l'Empereur : le petit chapeau d'Austerlitz, les épaulettes et les ordres. Sur le coussin repose l'épée d'Austerlitz. Deux riches trépieds en bronze doré, formés de chimères auxquelles se rattachent de larges enroulements en bronze, et surmontés d'aigles, supportent, dans les niches latérales, cinquante-deux drapeaux conquis durant les guerres de l'Empire et sauvés, en 1814, au Luxembourg, par le patriotique dévouement de M. de Sémonville. On lit sur les bords arrondis de ces trépieds les noms d'Austerlitz, de Rivoli et des autres lieux célèbres où furent conquis ces trophées de nos victoires. Les parois du reliquaire, recouvertes en marbre, présentent la liste générale des batailles commandées par Napoléon en personne. Ces noms sont gravés dans les nombreux panneaux préparés dans la décoration architecturale des deux niches semi-circulaires qui contiennent les trépieds et les drapeaux. Au fond de cette salle et présidant à tous ces souvenirs de gloire, s'élève la statue colossale de Napoléon en grand costume impérial; il tient d'une main, comme Charlemagne, le globe surmonté d'une croix, et de l'autre le sceptre sur lequel son aigle repose. Cette grande figure, imposante par l'attitude simple, par la beauté et la noblesse de la composition, par la richesse et l'exécution brillante des détails, est due au talent de M. Simart, membre de l'Institut; elle termine noblement cet ensemble en faisant revivre les traits de l'Empereur.

Le tombeau de Napoléon élevé aux Invalides est l'une des plus belles productions de notre siècle; à part le peu d'unité qu'il présente avec le monument de Louis XIV, conséquence du choix qui fut fait du dôme pour le contenir, et qui ne fit qu'augmenter les difficultés à vaincre, son ensemble et ses détails présentent tout ce qu'on pouvait attendre des talents réunis qui contribuèrent à son exécution. Il donne la mesure de ce que peut demander la France à ses artistes.

Le projet présenté au concours par M. Visconti a reçu de notables améliorations lorsqu'on a dû songer à l'exécuter. L'architecte habile, qu'une mort prématurée vient d'enlever aux arts et à ses grands travaux, a heureusement limité à l'enceinte du dôme l'ensemble et les accessoires du monument. Il a renoncé à faire entrer dans la crypte impériale par le piédestal d'une statue équestre de Napoléon, placée au centre de la cour Vauban, comme ses premiers plans l'avaient indiqué. L'entrée du tombeau est placée aujourd'hui, d'une manière beaucoup plus digne, au-dessous du maître-autel. La statue équestre a été supprimée, et la cour Vauban ne reçoit d'autre décoration que quelques changements devenus nécessaires pour lui donner plus de dignité et la mettre en harmonie avec sa nouvelle destination. Ces changements consistent dans

PLANCHE XLII. — Vue intérieure du Reliquaire.

l'exécution de deux gros pavillons contenant le logement du concierge et un corps de garde; ils ont l'un et l'autre la forme de grands piédestaux. A l'alignement de ces pavillons s'élève une grille dans le style de l'art de Louis XIV, soutenue, au milieu de l'étendue, par deux pilastres à bossages portant des aigles. L'achèvement de cette cour d'honneur est dû à M. J. Bouchet, architecte inspecteur des travaux du mausolée de l'Empereur. Aux simples et froids piliers qui, dans le premier projet, portaient sur des arcs le plafond de la galerie circulaire pratiquée autour du sarcophage, ont été substitués les pilastres ornés de Victoires qui circonscrivent la partie centrale et découverte de la sépulture. Le reliquaire, qui complète la pensée de l'ensemble et réunit dans son étroit espace les plus grands souvenirs, est une heureuse addition faite au premier projet de M. Visconti.

Tel est le monument élevé à la mémoire de l'Empereur Napoléon Ier, et digne, à tous égards, de la France et de lui; il apprendra aux générations futures à quel point était arrivé l'art national, dans toutes ses branches, au milieu du dix-neuvième siècle.

FIN.

www.ingramcontent.com/pod-product-compliance
Ingram Content Group UK Ltd.
Pitfield, Milton Keynes, MK11 3LW, UK
UKHW021214230726
13926UKWH00003B/1002

9 782014 447668